Andre Mairock

Sonnenstrahl im Nebel

Andre Mairock

Sonnenstrahl im Nebel

Roman

rosenheimer

2. Auflage der überarbeiteten Fassung

Titel der Originalfassung: »Einöde Zedertal«

Bearbeitung und Lektorat: Dr. Elisabeth Hirschberger,
München
Titelfoto: Michael Wolf, München
Satz: Buch-Werkstatt GmbH, Bad Aibling
Druck und Bindung: Oldenbourg Taschenbuch GmbH,
Hürderstraße 4, D-85551 Kirchheim

ISBN 3-475-53489-4

Der Thalrainer, ein Bauer von etwa sechzig Jahren, eine breite, wuchtige Gestalt, trat vor die Tür seines Hauses und schaute die Straße entlang, die von seinem einsamen Hof hinüber zum doppelgleisigen Bahnkörper führte. Noch immer war das Geräusch des Motorrads nicht zu hören, das die Heimkehr seiner beiden Söhne angekündigt hätte. Nichts war zu sehen, nichts war zu hören.

Ungeduldig fuhr der Thalrainer sich durch das graue, struppige Haar, das seinen breiten Schädel noch dicht bedeckte. Sein zerfurchtes Gesicht verzog sich unmutig. Er hasste dieses lange vergebliche Warten.

Die frühe Dämmerung und die spürbare Abkühlung der Luft verrieten, dass der Höhepunkt des Sommers bereits weit überschritten war. Der Herbst stand vor der Tür. Darüber konnten auch die schönen Sonnentage nicht hinwegtäuschen: Das Jahr ging seinem Ende zu und brüstete sich noch einmal mit einem freundlichen Altweibersommer, als wollte es Menschen und Natur für die Hochsommermonate entschädigen, die wieder einmal viel zu nass und zu kalt gewesen waren.

Vom Bahnwärterhäuschen herüber ertönte jetzt das »Bim-Bam« der Signalglocke, das in der Stille der einbrechenden Nacht weithin zu hören war.

Gleich darauf ging das Licht drüben an und schimmerte einsam in die Nacht. Der Thalrainer stellte sich vor, wie der Streckenwärter jetzt die Schranken am Bahnübergang herabließ und dann in voller Ausrüstung vor seinem Haus Aufstellung nahm, bis der Expresszug, der um diese Zeit die Strecke passierte, an ihm vorbeigebraust war.

Es war einsam geworden im Zedertal, seitdem über die so genannte Kofelgruppe eine neu gebaute Passstraße führte, die von allen Fernfahrern benützt wurde. Allein der Zug fuhr noch seinen alten Weg durch das Tal, freilich ohne anzuhalten. Trotzdem war er immer der Begleiter im Leben der Bauern des einsamen Hofes im abgelegenen Zedertal gewesen, das einzige Ereignis in den Tagen der Arbeit auf den Feldern oder in der Einsamkeit der sonntäglichen Ruhe.

Der Thalrainer schaute auf das Licht, das vom Bahnwärterhäuschen herüberschimmerte. Der Streckenwärter vom Zedertal war immer der einzige Nachbar gewesen, es gab sonst kein Haus in der Umgebung des Hofes. Doch, noch ein drittes Haus war da, aber erst seit vorigem Jahr, das Landhaus eines Architekten aus der Stadt. Es lag jedoch ein Stück über dem Talgrund und wurde von Bäumen versteckt. Außerdem stand es die meiste Zeit leer und dunkel. Nur hin und wieder wurde es von seinem Besitzer zum Wochenende benützt, wenn er für ein paar Tage seinen Geschäften in der Stadt entfliehen wollte.

Der Bauer hob den Kopf; jetzt hörte er das Rattern des herannahenden Expresszuges. Feurigen

Augen gleich kamen jetzt die Lichter der Maschine hinter dem vorgestellten Fuß des Berges hervor und zogen die Lichter der beleuchteten Waggons hinter sich nach. Wie ein rasselnder Geisterzug fegte der Express durch das Tal, vorbei an dem Bahnwärterhäuschen und hinein in das nachtschwarze Gebirge, wo er von einem Tunnel verschluckt wurde. Nur ganz kurz leuchteten noch einmal die roten Schlusslichter im schwarzen Felsschlund auf.

Der Bauer atmete heftig und wischte sich mit dem Handrücken über die Stirn, als wollte er den Schweiß abtrocknen, den Angst und Entsetzen hervorbrachten. Aber es war nichts geschehen, als dass ein Zug mit rasendem Tempo in den Bergtunnel gefahren war. Man hörte noch das Dröhnen im Fels und dann war der Spuk vorbei.

Aber der Thalrainer schien noch etwas anderes zu hören. Es war nicht wirklich da, sondern lebte schon seit zwanzig oder mehr Jahren in seinem Inneren, eine Stimme des Gewissens, die keine Ruhe gibt, solange der Mensch lebt.

Sooft dieser letzte Abendexpress in den Tunnel donnerte, wurde der Thalrainer an ein weit zurückliegendes Geschehen erinnert, das heute noch an seinen Nerven zehrte.

Immer wieder wurde er von Entsetzen erfüllt, immer wieder überkam ihn dieselbe Angst.

Ruhig und unbekümmert schimmerte das Licht vom Bahnwärterhaus herüber, ein zweites Licht tauchte auf und kam näher. Man konnte an ihm genau die Schleifen und Windungen der Straße verfolgen.

Das waren sie, die beiden Söhne! Sie kamen!

Er hörte bereits den pumpernden Motor des schweren Motorrads, ging noch ein paar Schritte weiter und wartete, bis es herankam.

Aber es sprang nur einer vom Motorrad ab, der Peter, sein Älterer, ein kräftiger, derber Bauernbursch.

»Was ist? Wieder nicht gekommen?«, fragte der Alte enttäuscht.

Peter schüttelte den Kopf. »Gestern nicht, heute nicht! Wie oft soll ich noch umsonst zur Bahn fahren?«, sagte er unmutig.

»Wo bleibt er denn bloß?«

»Was weiß ich? Er wird sich schon irgendwo herumtreiben.«

»Sonst noch was!«, höhnte der Alte. »Als ich seinerzeit vom Militär entlassen wurde, gab es für mich und alle anderen nur eine Parole und die lautete: Heim! Warum sollte das heute anders sein? Jeder ist froh, wenn er dem Haufen entronnen ist und wieder sein gewohntes Leben aufnehmen kann. Ist er vielleicht bei einem Freund?«

»Beim Simon ist alles möglich, Vater, bloß kein Heimweh, das wollt ich dir noch sagen.«

Peter schob jetzt sein Motorrad auf den Schuppen zu und gab durch seine mürrische, trotzige Haltung zu verstehen, wie wenig Freude ihm dieses Gespräch über seinen jüngeren Bruder bereitete.

Der Alte schaute ihm nach, kratzte sich am Kopf und kehrte ins Haus zurück. Es verdross ihn, wenn der Peter über seinen Lieblingssohn Simon eine abfällige Bemerkung machte.

Die Stube war so großräumig, als wäre sie seinerzeit eigens für den breiten, wuchtigen Mann geschaffen worden, damit er genügend Platz fände, um sich in Ärger oder in Unruhe darin auslaufen zu können, ohne von dem dickbauchigen Kachelofen, dem mächtigen Wandschrank und den anderen Möbeln behindert zu werden.

Mit schweren Schritten ging nun der Bauer in seiner Stube auf und ab, öffnete dann die Tür und rief einen Namen hinaus in den Gang, worauf sogleich eine ältere Magd aus der Küche herbeieilte und den Kopf zum Türspalt hereinsteckte.

»Brauchst nicht länger zu warten, Susi, und kannst ins Bett gehen«, sagte der Bauer. »Er ist nicht gekommen. Vielleicht wird er erst morgen entlassen.«

Die Magd nickte, wünschte eine gute Nacht und verzog sich. Vor dem Haus rasselte die Kette des Hofhunds, der offenbar wilde Sprünge machte und losgelassen werden wollte. Nachts lief das Tier frei herum, denn da hatte kein Fremder etwas in der Nähe des Gehöftes zu suchen. Der Bauer ging hinaus und wollte den Hund loslassen, aber Peter hatte es bereits getan und stand da wie ein Baum, wenn der Hund in seinem Übermut ihn spielerisch ansprang.

»Komm noch zu mir in die Stube!«, rief der Bauer seinem Sohn zu.

Peter wandte sich nach ihm um und folgte ihm ins Haus.

»Was wolltest du vorhin damit andeuten, dass beim Simon alles möglich sei, bloß kein Heimweh?«, fragte der Alte mit gerunzelter Stirn.

»Das weißt du sehr genau, Vater, und brauchst mich eigentlich nicht zu fragen.«

Der Alte schaute seinen Sohn eine Weile schweigend an. »Ich weiß, ihr habt euch noch nie gut vertragen«, sagte er dann unzufrieden. »Ich habe gehofft, dass es sich ändern könnte, wenn der Simon nun längere Zeit von daheim weg war und seinen Militärdienst gemacht hat. Aber es scheint, als hätte ich mich geirrt. Das tut mir Leid, Peter!«

»Es ist nicht meine Schuld, Vater!«, wandte der Sohn trotzig ein.

»Vielleicht meine?«, höhnte der Alte.

»In gewissem Sinn – ja! Mir hast du das nicht durchgehen lassen, was der Simon tut. Ich bin dir aber nicht bös deswegen, im Gegenteil, ich bin dir für diese Strenge sogar dankbar. Man braucht nur ein gewisses Alter, um es zu verstehen. Du kannst mich jederzeit vom Haus jagen, ich finde mich überall zurecht und komme überall durch; denn ich habe das Arbeiten gelernt! Man hat mich daheim nicht verwöhnt und das ist gut, wenn man vom Leben einmal rau angefasst wird.«

»Wie gescheit du daherredest!«, höhnte der Alte und ließ sich schwer auf einen Stuhl nieder. »Damit willst du also sagen, dass ich dich wie einen Knecht eingespannt habe, während dein Bruder das junge Herrchen spielen durfte?«

»Du wirst doch nicht das Gegenteil behaupten wollen, Vater?«

Abermals schauten sie sich eine Weile schweigend und trotzig an.

»Ich will dir etwas sagen, Peter«, begann dann

der Alte. »Dein Bruder ist der Jüngere und die jüngeren Geschwister haben es immer leichter als die älteren, die als Erste mitanpacken müssen. Es ist einmal so bei uns Bauern: Man wartet ungeduldig darauf, dass man Hilfe hat von seinen Kindern. Ich gebe zu, dass du immer mehr eingespannt worden bist als dein Bruder. Aber glaube mir, diese achtzehn Monate Dienstzeit, von der du verschont geblieben bist, haben den Ausgleich geschaffen!«

»Das ist deine Meinung, Vater, aber ich bezweifle, dass es so ist. Dem Simon war es immer zu einsam und zu eng daheim, ihn hat es in die weite Welt getrieben. Er ist sehr gern eingerückt und bedauert wahrscheinlich, dass die Zeit vorbei ist. Du siehst ja selbst, dass er es mit dem Heimkommen gar nicht so eilig hat. Du hast nach ihm mehr Sehnsucht als er nach dir. Das darfst du mir glauben!«

»Du bist eifersüchtig, Peter, das ist alles!«

»Ich gebe zu, dass es mir nicht gleichgültig ist, wer von uns beiden einmal den Hof übernehmen wird. Schließlich habe ich seit meiner Jugend mitgearbeitet wie ein Knecht. Aber was der eine nicht erarbeiten kann, fällt dem anderen mühelos in den Schoß. So ist es nun einmal im Leben. Ich bin heut bald dreißig Jahre alt und weiß immer noch nicht, wofür ich eigentlich arbeite!«

Der Alte zog finster die Brauen hoch. »Vorläufig bin ich noch der Bauer auf dem Hof!«, brummte er gefährlich.

»Sicher, und das kannst du meinetwegen noch lange bleiben. Aber jeder junge Mensch möchte wissen, wofür er sich plagt. Die meisten meiner

Schulfreunde sind heut längst verheiratet und haben bereits Kinder. Ich kann meinem Mädchen nicht einmal sagen, zu welchem Zeitpunkt wir eventuell ans Heiraten denken können. Ich weiß nicht einmal, ob mir überhaupt der Hof übergeben wird!«

»Ich war schon über dreißig Jahre alt, als mein Vater übergeben hat!«, warf der Alte dazwischen.

»Aber wahrscheinlich hast du gewusst, dass du einmal der Bauer sein würdest. Das ist ein Unterschied, Vater! Ich muss mir sagen, dass es vielleicht mein Bruder sein wird, der dir immer der Liebere gewesen ist!«

»Unsinn!«, brummte der Alte und zog die Stirn hoch.

»Man spürt das schon als Kind, Vater, wenn man hinter seinem Bruder zurückgestellt wird! Ich mache dir keinen Vorwurf, denn es ist wahr, der Simon hat ein freundlicheres und zugänglicheres Wesen. Das ist eine Gabe der Natur. Aber Fleiß und Aufrichtigkeit sind auch wertvolle Eigenschaften, Vater! Sogar die wertvolleren, aber sie werden gewöhnlich übersehen.«

»Willst du damit sagen, dass der Simon ein Lump ist?«, fuhr der Alte auf.

»Nein! Aber ein Fuchs ist er, der mit List und Schlauheit sein Ziel angeht.«

»Hör auf damit!«, knurrte der Alte.

»Gern! Dann also – gute Nacht, Vater!«

Als Peter die Tür hinter sich zugezogen hatte, blickte der Alte finster hinter ihm drein. Es war das erste Mal, dass er an ihm diese Auflehnung entdeckt hatte.

Er fing wieder an, in der Stube auf und ab zu wandern. Sein jüngerer Sohn war noch nicht einmal da und schon spitzte sich die Lage zu. Wie würde es erst werden, wenn er da war und sich vielleicht nicht mehr in das wohl geordnete Leben auf dem Hof einfügen wollte ...

Schwarz und still lag die Nacht über dem Zedertal, weit und breit kein Licht, kein Laut. Der Hund umschlich den einsamen Hof, aber wie sollten hierher Menschen kommen, die durch seine Wachsamkeit vom Haus fern gehalten werden mussten?

Nur im Bahnwärterhäuschen leuchtete aus einem Fenster noch ein einsames Licht. Gina, die hübsche Tochter des Streckenwärters, arbeitete noch an einer Stickerei. Es war ein großer Wandteppich, den sie wie eine Malerei mit farbigem Garn anfertigte, ein Hobby, dem sie sich nicht nur aus Langeweile im einsamen Zedertal, sondern mit Leidenschaft verschrieben hatte.

Der Vater begab sich gewöhnlich schon früh zur Nachtruhe. Er musste täglich die weite Bahnstrecke abgehen und den Schienenstrang überprüfen, soweit er durch den dunklen Bergtunnel führte. Davon kam er jeweils sehr müde heim, so dass ihm bald nach dem Abendessen die Augen zufielen.

So war Gina an den Abenden viel allein. Waren die letzten Arbeiten im Haushalt getan, griff sie zu ihrer Stickerei und arbeitete daran oft noch bis tief in die Nacht hinein. Ein Glück, dass sie an dieser Beschäftigung so viel Freude hatte. Sie liebte dieses Alleinsein mit ihrer Arbeit und mit ihren Gedanken und Erinnerungen, die sie dann zurückführten in die Stadt, wo sie einmal zu Hause gewesen war.

Sie liebte ihren Vater, der genauso einsam war wie sie, seit die Mutter gestorben war. Mit den einzigen Nachbarn hier, mit den Thalrainern, kam sie nur so weit in Berührung, als sie dort Milch und Eier holte oder einen Wunschzettel hinübertrug, wenn der Bauer oder einer seiner Söhne ins nächste Dorf oder in die Stadt fuhren und dies und jenes für sie besorgten.

Das war eigentlich der einzige menschliche Kontakt, der in dieser Einöde zu finden war, aber er bedeutete wenig. Der Bauer war ein mürrischer, wortkarger Mann, der keinen Wert auf nachbarliche Beziehungen legte. Er hütete seinen Besitz wie ein Geizhals, der in jedem Geräusch einen Einbrecher und in jedem Menschen einen Dieb vermutete. Ebenso wortkarg und verschlossen war der Peter, der täglich unermüdlich seiner Arbeit nachging. Ein kurzer Gruß, vielleicht noch ein scheues Andeuten von einem Lächeln war alles, was man von ihm erwarten konnte. Allein von seinem jüngeren Bruder Simon ging etwas Freundlichkeit aus. Aber sie hatte ihn nur noch kurz gesehen, dann war er zum Militärdienst eingerückt.

Sie war dankbar dafür geworden, dass täglich Züge durchfuhren, und wenn sie auch weiter nichts davon hatte, als dass sie ein paar Menschen darin sitzen oder am geöffneten Fenster stehen sah und der Lokführer beim Vorbeibrausen grüßend an seine Mütze tupfte, wenn sie an Stelle ihres Vaters vor dem Haus den Posten bezog. Sie freute sich, wenn der Architekt Ammon in seinem Wagen vorbeikam und ein paar freundliche Worte zu ihr sagte, bevor er den Weg hinauf zu seinem Landhaus fortsetzte.

Einöde Zedertal. Man musste einmal hier ein paar Jahre gelebt haben, auch den langen, unbarmherzigen Winter über, wenn Berg und Tal von den Schneemassen verschüttet lagen, um eine Vorstellung davon gewinnen zu können.

Welchen Wert bekamen da die so genannten kleinen Freuden! Die stille abendliche Tätigkeit im warmen Stübchen, das Lesen eines Buches! Wie freute man sich auf das Frühjahr, wenn hinter dem Haus die Kirschbäume blühten und der Garten bestellt werden konnte! Auf den Sommer, wenn in den taufrischen Nächten das Geläute des weidenden Viehs vom Thalrainerhof herüberklang!

Gina beugte sich über ihre Stickarbeit, stellte einen kritischen Vergleich mit der Vorlage an. Sie horchte auf, als sie ein Auto vorbeifahren hörte. Nur ganz kurz dauerte das Geräusch, dann kehrte wieder die Stille ein.

Vielleicht war es der Architekt, der zu seinem Landhaus hinauffuhr.

Sie erschrak, als plötzlich ans Fenster geklopft wurde. Was in aller Welt konnte das zu bedeuten haben? Hatte sich gar jemand in der Nacht verirrt und wollte sich nach dem richtigen Weg erkundigen?

Sie legte ihre Arbeit aus der Hand, ging zum Fenster und öffnete es einen Spalt.

Im Schein des Lichts, das hinausfiel, tauchte ein lachendes Männergesicht auf, das sie im ersten Augenblick gar nicht zu erkennen vermochte. Sie hörte einen laufenden Motor, ganz in der Nähe musste ein Auto stehen.

»Guten Abend, Gina!«, sagte eine bekannte Stimme. »Hoffentlich habe ich dich nicht erschreckt! Aber ich habe noch Licht bei euch gesehen und wollte wenigstens grüß Gott sagen.«

Jetzt erkannte sie den jungen Mann vor dem Fenster: Es war Simon, der jüngere Thalrainersohn.

Er reichte ihr die Hand, die sie etwas zögernd ergriff.

»Frisch aus der Kaserne!«, lachte er.

»Dein Bruder wollte dich schon seit ein paar Tagen von der Bahn abholen, auch heute Abend war er wieder dort«, sagte sie.

Er winkte gleichgültig ab. »Das wird mein Bruder nie verstehen, dass man nach Monaten Drill und Gehorsam einmal nicht nach der Pfeife tanzt und sich nicht nach der Uhrzeit richtet. Wie geht's dir, Gina?«

»Danke, mir geht's gut.«

»Und deinem Vater?«

»Auch gut.«

»Das hört man gern. Ich hätte eine große Bitte, Gina!«

»Wenn ich sie erfüllen kann, gern«, antwortete sie.

»Mit Leichtigkeit! Wir möchten nämlich heute noch ein bisschen feiern. Die Entlassung vom Militär ist ein Grund zum Feiern. Meinst du nicht auch?«

»Sicher.«

»Du kennst doch den Roland, den Sohn des Architekten Ammon?«

»Nur vom Sehen.«

»Wir waren auf der gleichen Stube. Er ist ein echter Kamerad. Ich war noch ein paar Tage bei ihm zu Besuch, nun wollen wir im Landhaus droben ein wenig feiern. Sein Vater hat es erlaubt.«

Sie lachte. »Was hat das mit mir zu tun?«

»Sehr viel. Der Roland hat wohl sein Mädchen dabei -«

»Auch mit ausdrücklicher Genehmigung seines Vaters?«, spöttelte sie.

»Ich denk schon, sonst hätte er es ja nicht mitnehmen können.«

»Man tut viel, was der Vater nicht weiß.«

»Aber er hat bestimmt nichts dagegen. Schau, und ich stehe nun ganz einsam und verlassen da und da habe ich gemeint, wenn du auf ein Stündchen oder zwei mitgehen würdest, dann würde ich mich sehr freuen!«

»Warum hast du denn nicht ein Mädchen aus der Stadt mitgenommen?«, fragte sie. »Das wäre dir bestimmt nicht schwer gefallen!«

»Wo denkst du hin! Du wirst mich doch nicht für einen Windbeutel halten?«

»Na, – ich weiß nicht!«

»Bitte, Gina, komm auf ein Stündchen mit! Bist doch auch noch jung und sitzt das ganze Jahr hier in diesem Nest herum wie ein Vogel im Käfig. Bitt schön, mach mir die Freud!«

»Ich weiß nicht, was du vorhast, Simon!«

»Wir wollen gar nichts, als ein bisschen lustig

sein, ein bisschen tanzen, wie jeder es macht, wenn er die Bundeswehr hinter sich hat und wieder ein freier Mensch ist!«

»Ich verstehe bloß nicht, wie du ausgerechnet auf mich kommst!«

»Weil du das netteste Mädchen bist, das ich kenne!«

»Das ist übertrieben, Simon! Erstens reißt dein Vater dir den Kopf ab, wenn er es hört -«

»Im Gegenteil! Er hat die größte Freud, wenn er es erfährt! Und zweitens?«

»Mein Vater schläft schon, ich könnte es ihm nicht einmal sagen!«

»Wozu denn? Bist auch schon volljährig!«

»Allerdings!«, lachte sie. »Aber das schützt einen nicht davor, Dummheiten zu machen!«

»Geh, Gina! Lass dich doch nicht so lange betteln! Du kennst doch den Architekten! Glaubst du, dass sein Sohn ein Wüstling ist? Oder ich vielleicht?«

Er merkte, dass sie allmählich nachgab. Wie sollte es auch anders sein? Sie war doch auch ein junger Mensch, der sich im Zedertal vorkommen musste wie im Gefängnis.

»Ich geh nicht eher von deinem Fenster weg, bis du mitkommst!«

»Ich kenne den Sohn des Architekten ja kaum und seine Freundin erst recht nicht!«

»Du wirst sie bald kennen gelernt haben! Und wenn es dir nicht gefallen sollte, bringe ich dich sofort wieder heim. Das verspreche ich dir!«

Sie blickte sich nach der Uhr um und sah, dass es

schon sehr spät war. »Ich bin gar nicht dazu angezogen«, wandte sie noch ein.

»O doch! Viel hübscher kannst du dich gar nicht herrichten!«

Er ließ nicht mehr locker, bis sie dann doch zusagte, rasch noch ihr Haar frisierte und sich noch etwas hübscher machte.

Als sie dann leise das Haus verließ und die Tür absperrte, meldete sich ihr Gewissen. Es war das erste Mal, dass sie sich heimlich, ohne dem Vater etwas zu sagen, fortstahl.

Aber da hatte Simon schon ihre Hand ergriffen und zog sie mit sich fort. Am Auto ging eine Tür auf. Sie konnte jetzt nicht mehr zurück und stieg ein.

Roland saß am Steuer, neben ihm ein schwarzhaariges Mädchen mit großen goldenen Ohrringen. Beide drehten sich lachend nach ihr um und begrüßten sie mit Händedruck.

Langsam kletterte der Wagen die schmale Bergstraße hinauf. Die Scheinwerfer leuchteten hinein in den nächtlichen Wald. Es war ein zauberhaftes, fast unheimliches Bild.

Simon Thalrainer, der neben ihr saß, erzählte einen derben Witz, worauf herzhaft gelacht wurde.

Das Landhaus des Architekten stand auf freier Höhe und war viel größer, als es, von unten gesehen, vermuten ließ. Der Baustil war ganz der idyllischen Umgebung angepasst und machte einen märchenhaften Eindruck.

Roland sperrte die Tür auf, machte Licht und ließ

seine Gäste eintreten. Er war ein schmaler, hoch aufgeschossener Bursche mit etwas länglichem blassem Gesicht, das durch einige Pickel verunziert war. Der dünne Bart an seinem Kinn, den er offenbar erst seit kurzem wachsen ließ, und die etwas zu langen Haare machten auf Gina keinen guten Eindruck.

Sie wurden in ein elegantes Zimmer geführt. Eine Tür führte hinaus auf eine Terrasse, die ebenfalls beleuchtet werden konnte. Mehrere komfortable Sessel standen da, in denen man jetzt Platz nahm, während der Gastgeber das Fest vorbereitete, Getränke herbeischleppte und einen Plattenspieler in Betrieb setzte.

Simon half ihm dabei, er entkorkte die Flaschen und füllte die Gläser. Darauf wurde gegenseitig angestoßen und getrunken.

Gina beobachtete unauffällig das Mädchen, das mit »Lola« angesprochen wurde. Es schien sich in diesen Kreisen gut auszukennen und benahm sich bald so ungeniert, als wäre es hier längst zu Hause.

Gina dagegen war voller Hemmungen und bereute sehr, mitgegangen zu sein. Was hatte sie hier unter diesen fremden Menschen zu suchen? Wer war sie denn? Die Tochter des Streckenwärters vom Block Zedertal ...

Nun begann Roland Ammon mit seiner Freundin einen Tanz, der das Neueste vom Neuen war, sodass Gina nichts damit anzufangen wusste. Aber da wurde sie schon von Simon aufgefordert, sie musste mitmachen, ob sie wollte oder nicht.

Es wurde immer lauter und feuchtfröhlicher,

denn der starke Wein tat bald seine Wirkung. Die beiden Freunde und auch die attraktive Lola tranken davon ununterbrochen und große Mengen. Simon wollte auch Gina dazu bringen, aber sie hielt sich sehr zurück und nippte nur hin und wieder einen kleinen Schluck. Trotzdem glaubte sie, die Wirkung des Weins zu spüren. Ihr Gesicht wurde heiß, ihre Glieder befiel eine gewisse Schwere – und da bekam sie plötzlich Angst. Es kam ihr immer deutlicher zum Bewusstsein, dass sie sich heute zum ersten Mal in einer so gewagten Situation befand. Ihre Begleiter waren betrunken und enthemmt, das Haus war abgelegen und überdies wusste niemand, dass sie hier war. Sie sah, wie das Mädchen Lola in den Armen Rolands lag und von ihm wild und hemmungslos geküsst wurde. Sie hatte sich eine Liebesbeziehung immer anders vorgestellt. Diese Art von Beziehung zwischen Mann und Frau weckte in ihr ein Gefühl des Widerwillens und der Ablehnung.

Sie erkannte, dass die zweideutigen Reden und das enthemmte Treiben nicht mit ihrer Lebensauffassung vereinbar waren.

Sie sah den Augen Simons an, was sich hinter seiner scheinbaren Fröhlichkeit verbarg. Und als er anfing, ihr Zärtlichkeiten zuzuflüstern, als wäre sie bereits zu seiner Geliebten geworden, da fragte sie sich, was sie denn hier noch zu suchen habe.

»Ich muss heimgehen, Simon!«, sagte sie und stand entschlossen auf.

Aber er hinderte sie daran. »Wär ja noch schöner! Jetzt, wo es erst anfängt, zünftig zu werden!«

»Vielleicht für dich und die anderen. Mir aber macht das keinen Spaß!«, erwiderte sie abweisend.

»Und gerade du bist die Hauptperson, wenigstens für mich! Was fange ich ohne dich an, Gina? Du kannst dir nicht vorstellen, wie ich mich nach diesem Tag meiner Rückkehr gesehnt habe, nur um dich wieder zu sehen und mit dir zusammen sein zu können!«

Sie war überrascht. »Dann war das also von dir vorausgeplant?«

»Natürlich, und nicht erst seit heut oder gestern. Die ganze Zeit waren meine Gedanken bei dir!«

»Das hört sich an, als wären wir schon ein Liebespaar. Davon ist mir nichts bekannt, Simon!«, sagte sie schroff.

»Dann soll es für dich eine Überraschung sein, Gina. Ja, ich liebe dich. Vielleicht wäre ich gar nicht mehr zurückgekommen aus der Stadt, wenn es mir nicht um dich gegangen wäre. Oder glaubst du, ich hätte in der Stadt kein anderes Mädchen gefunden, wenn ich das gewollt hätte? Jeden Tag eine andere! Aber – wie gesagt – meine Gedanken waren immer bei dir. Ich bin glücklich, es dir endlich sagen zu können. Und da willst du einfach davonlaufen?«

»Auch wenn ich dir glauben könnte, Simon, würde ich mich dennoch sehr unwohl fühlen, wenn ich auch nur eine Minute länger hierbliebe. Schau dir doch die beiden an! Wie sie sich aufführen, das ist geschmacklos! Herr Ammon wäre damit sicher nicht einverstanden, das glaubst du doch auch? Und dein Vater auch nicht! Es wäre besser gewesen, du hättest zuerst deine Leute begrüßt! Dein Bruder wollte dich schon seit ein paar Tagen an der Bahn abholen.«

»Meine Leute daheim sehe ich noch früh genug!«, entgegnete er missmutig. »Ich wollte dich zuerst sehen.«

Sie tanzten zu einer lärmenden Musik. Sie versuchte, sich von seiner Umarmung zu lösen, aber er hielt sie fest und gab sie nicht frei.

»Glaubst du an meine Liebe oder nicht, Gina?«, fragte er erregt und leidenschaftlich.

»Nein!«

»Dann muss ich deutlicher werden!«

Ehe sie sich vorsehen konnte, riss er sie an sich und küsste sie.

Sie hörte noch das freche Lachen der beiden anderen, was ihre letzten Zweifel auslöschte. Von Wut und Furcht überwältigt, schlug sie Simon so heftig ins Gesicht, dass er in seiner Bestürzung einen Augenblick ratlos dastand und nicht wusste, was er tun sollte. Er vermochte ihr erst zu folgen, als sie das Haus bereits verlassen hatte.

»Gina!«, rief er in die Nacht. »Gina!«

Aber das Mädchen floh, wie gejagt, auf der nächtlichen Waldstraße hinab zum Bahnwärterhaus. Auch wenn er ihr gefolgt wäre, hätte er sie nicht einholen können.

Einöde Zedertal. Es waren nur wenige Menschen, die hier in einer weltverlassenen Gegend ausgeliefert an die Gewalt der Natur lebten, und dennoch traf man in ihnen alles an, was es an menschlicher Tugend, Schwäche und Leidenschaft gibt. Vielleicht war es gerade die Einsamkeit, die in diesen Menschen die Leidenschaften besonders stark hervorbrechen ließ. Man konnte jedoch die Gefühle dieser Menschen auch messen an den trotzigen, ungestümen Kräften der Natur, von der sie sich umgeben sahen und gegen die sie ständig kämpfen mussten.

Das zeigte sich am deutlichsten im Haus des Thalrainer.

Dass sich die beiden Brüder nie gut verstanden hatten, daran war nicht zuletzt der Vater schuld, weil er ihre Eigenschaften, Anlagen und Fehler mit zweierlei Maßstäben maß. Von jeher war der Simon sein Lieblingssohn gewesen, der tun und lassen durfte, was er wollte, ohne zur Rechenschaft gezogen zu werden. Er genoss größere Freiheit als der Peter, er fand Nachsicht und Entschuldigung, was er auch angestellt hatte, man glaubte an seine Lügen, auch wenn sie so faustdick aufgetragen waren, dass man sie greifen konnte. Der Peter musste schon in früher Jugend hart arbeiten, während sein Bruder, schon bald erwachsen, noch herumlungern durfte. Der Vater hatte nichts dagegen, wenn er mitten am Tag alles liegen und stehen ließ, nur weil ihm die Arbeit nicht behagte oder das Wetter zu schlecht war.

Der Ältere hätte sich so etwas einmal erlauben sollen! Er hätte den ganzen Zorn seines Vaters auf sich geladen.

Diese unterschiedliche Behandlung durch den Vater erzeugte in Peter eine Abneigung gegen seinen Bruder, die im Lauf der Zeit zunahm und zu immer heftigeren Zwistigkeiten und Auseinandersetzungen zwischen den Brüdern führte.

Als dann Simon zum Militärdienst einberufen wurde, trat ein Waffenstillstand ein. Zwischen den beiden Brüdern bestand ein Altersunterschied von fast acht Jahren. Vielleicht besserte sich das Verhältnis zwischen den beiden, wenn nun auch der Jüngere herangewachsen und vernünftiger geworden war. Jedenfalls war damit zu rechnen, dass durch den Kasernendrill manches an ihm nachgeholt wurde, was der Vater in seiner Nachsicht versäumt hatte.

So dachte der Peter.

Die Spekulationen des Alten richteten sich freilich auf ganz andere Erwartungen. Sein Jüngster war Soldat gewesen, er hatte sich in der Stadt und in der Welt umgesehen, kam nun geschliffen und lebenserfahren heim. Aus dem Holzfuchs vom Zedertal war ein bewanderter und brauchbarer junger Mann geworden, der mit allen Menschen umzugehen verstand. Darauf war der alte Thalrainer stolz. Deshalb freute er sich auf die Heimkehr seines Sohnes.

Die Ernte war im Großen und Ganzen bereits unter Dach, nur Kartoffeln und Rüben waren noch einzubringen. Hier und dort dörrte noch eine Lage Heu in der milden Herbstsonne.

Nachdem die Stallarbeit besorgt und das Vieh zur Weide getrieben war, befand Peter sich draußen auf den Feldern beim Roden und Einmieten der Hackfrüchte. Es war still um das Haus. Eine Anzahl Hühner bevölkerte gackernd und scharrend den verlassenen Hofraum, der große Hund zog seine lange Laufkette, an die er wieder angehängt war, klirrend am Haus auf und ab. An einem Fenster des

Oberstocks erschien dann und wann die Magd, wenn sie ein Betttuch ausschüttelte.

Der Bauer saß noch in der Stube, rauchte seine Morgenpfeife und blätterte in einer Zeitung.

Er schaute nicht auf, als er ein paar Mal den Hund anschlagen und dann die Tür gehen hörte. Um diese Zeit holte die Bahnwärterstochter gewöhnlich die Milch, die die Magd ihr mit einem Messbecher in die Kanne goß.

Aber da ging zu seiner Überraschung die Stubentür auf und beinahe wäre ihm die Pfeife aus dem Mund gefallen, als er so plötzlich und unerwartet den Simon vor sich stehen sah.

»Wo kommst denn du in aller Herrgottsfrühe her?«, rief er und stand schwerfällig auf, um dem Heimkehrer seine breite Hand entgegenzustrecken.

»Direkt aus der Kaserne!«, antwortete Simon, nach der Hand des Vaters greifend. »Grüß Gott, Vater!«

»Aber wie bist du denn gekommen? Es geht doch jetzt kein Zug!«, wollte der Alte wissen.

»Einfach! Der Sohn vom Ammon, der Roland, war mit mir auf der gleichen Stube. Er wollte ein paar Tage im Landhaus verbringen. Er hat mich im Auto mitgenommen.«

»Das ist ja großartig!«, meinte der Alte.

Er gab ihm mit seiner schweren Hand einen Schlag auf die Schulter, der ihn beinahe in die Knie gehen ließ.

»Lass dich anschauen! Recht gut und frisch siehst ja gerade nicht aus! Man könnt meinen, du hättest schon zehn Nächte nicht mehr geschlafen.«

Simon grinste. »Wir haben die vergangene Nacht ein bisschen gefeiert, Vater. Man wird ja nur einmal im Leben aus dem Militärdienst entlassen!«

Der Alte schaute ihn zwinkernd an. »Ich meine, ihr habt öfter gefeiert als einmal!« Abermals klopfte er ihm wohlwollend auf die Schulter. »Hast schon Recht! So etwas muss gefeiert werden. Jetzt – setz dich nur hin, ich werde der Susi gleich sagen, dass sie dir eine Brotzeit bringt!«

Er öffnete die Tür einen Spalt und rief laut nach der Magd.

Während Simon dann den kräftigen Imbiss verschlang, musste er dem Vater endlose Fragen beantworten und sich auf Herz und Nieren prüfen lassen. Schließlich überkam ihn eine solche Müdigkeit, dass ihm die Augen zufielen.

Der Alte lachte dröhnend auf. »Ich sehe, für dich ist jetzt das Bett der richtige Platz. Also – schlaf dich aus, Bub!«

»Dank schön, Vater, für dein Verständnis!«

»Ach was! Ich bin auch einmal jung gewesen und habe über den Durst getrunken oder mir ein paar Nächte um die Ohren geschlagen! Schlafe also, so lange du willst; es wird dich niemand stören!«

Wohlwollend schob er ihn zur Tür hinaus und rieb sich glücklich die Hände.

Als bald darauf abermals die Haustür ging, schaute er hinaus und begegnete dem Streckenwärter, der heute an Stelle seiner Tochter die Milch holte. Obwohl Rommig noch viel jünger war als der Bauer, sah er beinahe älter aus. Das mochte vielleicht an den hageren, vergrämten Gesichtszügen liegen. Man merkte auch an seiner Kleidung, dass er einmal kräftiger und stärker gewesen war, denn sie schlotterte ein wenig an seinem Körper. Er musste in seinem Leben viel mitgemacht haben.

»Dass du heute die Milch holst?«, wunderte sich der Bauer. »Ist deine Tochter nicht da, oder ist sie krank?«

»Da ist sie schon und krank ist sie auch nicht …«

»Aber?«

»Sie hat halt gemeint, ich könnt die Milch auch einmal holen.«

»Freilich, weil du noch nicht genug zu gehen hast!«, höhnte der Bauer. »Verzieh sie nur recht, deine Tochter, Rommig!«

Der Streckenwärter furchte die Stirn, aber er konnte keine Antwort mehr geben, weil Thalrainer sich bereits wieder in seine Stube zurückgezogen hatte.

Simon verschlief auch das Mittagessen. Peter bekam ihn erst am Abend zu sehen, aber nicht lange, denn, kaum aufgestanden, war er schon wieder auf dem Sprung, das Haus zu verlassen.

»Wo gehst denn hin?«, fragte Peter.

»Hinauf zum Landhaus.«

»Was hast du denn dort verloren?«

Simon grinste angeberisch. »Ich habe eben Freunde, Peter!«

»Was das für Freunde sind, kann ich mir denken, sonst würden sie nicht zu dir passen!«

»Geht's dich etwas an? Und damit du gleich im Bild bist: Ich nehme jetzt ein paar Wochen Urlaub. Verstanden?«

»Ich kann dich nicht daran hindern!«

Schon die erste Begegnung zeigte, wie weit die Ansichten der beiden Brüder auseinander gingen und welche Kluft sich zwischen ihnen aufgetan hatte.

Als über dem Hof die feierabendliche Stille lag, suchte Peter noch den Vater in der Stube auf.

»Habt ihr euch jetzt getroffen?«, fragte der Alte.

»Ja. Aber er scheint sich daheim nicht besonders wohl zu fühlen.«

»Warum?«

»Weil er schon wieder wegläuft, hinauf zum Landhaus.«

»Lass ihn doch!«, sagte der Alte. »Ich habe nichts dagegen.«

»Und gegen ein paar Wochen Urlaub auch nicht, nicht wahr?«

»Er kommt von der Bundeswehr heim und hat einen Urlaub nötig. Das darfst du mir glauben!«

»Ich bestreite das nicht, Vater. Nur frage ich mich wieder, warum ausgerechnet er Urlaub bekommt. Jedenfalls kann ich mir nicht vorstellen, dass er strenger eingespannt war als wir hier bei der Arbeit. Wer denkt aber da an einen Urlaub?«

»Das verstehst du nicht; du warst nie Soldat!«

Das Gesicht Peters nahm einen harten Ausdruck an. »Darum also geht es! Wieder eine Lobpreisung mehr auf den geliebten Sohn!«

»Hör auf!«

»Ich weiß, das magst du nicht hören, Vater, und außer mir ist niemand da, der dir die Wahrheit sagt!«

Der Alte lachte laut auf. »Er ist eben jung und nimmt alles auf die leichte Schulter! Warum soll er es nicht tun? Der Ernst des Lebens kommt auch für ihn noch früh genug! Sag doch gleich, dass er das Zeug zu einem Verbrecher hat!«, fügte er brüllend hinzu.

»Vom Tagdieb zum Verbrecher ist ein kurzer Weg!«

»Aufhören sollst du!«

»Ich weiß, dass du es nicht hören magst. Du kannst mir auch den Mund verbieten und dann muss ich eben schweigen. Aber meine Ansicht änderst du damit nicht!«

Der Bauer ging jetzt zum Fenster, öffnete es und schaute in die Dämmerung hinaus.

In diesem Augenblick donnerte droben der Express in den Tunnel.

Der Alte stieß einen schweren Seufzer aus, griff sich mit beiden Händen an den Kopf, als wollte er sich die Ohren zuhalten. Über seinen Körper lief ein Schauer.

Peter beobachtete ihn. »Was hast du?«

Der Alte wandte sich nach ihm um. »Nichts.«

»Bist du krank, Vater?«

»Ich? Nein, warum?«

»Es tut mir Leid, wenn ich dich gekränkt haben sollte. Aber versuche mich doch auch zu verstehen, Vater! Von Kindheit an arbeite ich auf dem Hof und ich habe es gern getan und werde es weiter tun. Aber ich ahne, es wird einmal zwischen mir und dem Simon zu einer Rivalität kommen um den Hof. Gerechterweise müsste er ja einmal mir zukommen, nicht nur, weil ich der Ältere bin, sondern weil ich mich mit meiner ganzen Kraft bei der Arbeit eingesetzt hab.

Ich wäre erleichtert, wenn du einmal erklären würdest, Vater, was du vorhast. Ich weiß, du könntest sagen, dass ich zu alt werde, bis du übergeben wirst; denn du bist noch sehr rüstig. Bis der Simon so alt ist wie ich, hättest du gerade das rechte Alter für den Austrag. Das verstehe ich alles, aber es täte mir weh, wenn ich eines Tages hier meine Sachen packen müsste. Ich glaube nicht, dass ich das verdient hätte. Und wenn ich dir noch sage, dass ich Angst habe, der Simon könnte eines Tages Anspruch auf den Hof erheben, wirst du mich verstehen.«

Der Alte winkte ab. »Vorläufig bin ich noch der Bauer auf dem Hof und denke auch noch gar nicht daran, ihn zu übergeben.«

»Diese Antwort kenne ich schon auswendig, Vater. Etwas anderes hast du mir wohl nicht zu sagen?«

»Nein.«

»Gut, dann hat alles weitere Reden keinen Sinn. Ich wünsche eine gute Nacht!«

Peter wandte sich der Tür zu.

»Wart noch!«, befahl der Alte.

Peter drehte sich nach ihm um. »Ja? Was ist noch?«

»Bring mir einmal diese Sennhofertochter. Ich will sie sehen und mit ihr sprechen.«

Das Gesicht Peters hellte sich auf. »Gern. Wann ist es dir recht? Vielleicht am Sonntag?«

Der Alte nickte.

»Danke, Vater! – Gute Nacht!«

Der alte Bauer schaute noch eine Weile mit gefurchter Stirn auf die Tür, die sich hinter seinem Ältesten geschlossen hatte.

Jeden Nachmittag um die gleiche Zeit machte sich der Streckenwärter auf den Weg hinauf zum Tunnel, ausgerüstet mit dem Schraubenschlüssel, dem langstieligen Hammer und der Laterne vor der Brust. Es war die Zeit, in der kein Zug durchging. Gewöhnlich dauerte es ein paar Stunden, manchmal sogar länger, bis er seine Strecke abgelaufen hatte. Er musste es bei jedem Wetter tun, im Sommer bei drückender Gewitterschwüle, im Winter, wenn der Schienenweg verschneit und vereist war.

So war es oft ein hartes Stück Arbeit, aber Rommig wusste um die Bedeutung dieser Kontrollgänge und die Verantwortung, die jeden Tag aufs Neue auf ihm lastete. Deshalb kam er gewissenhaft seiner Aufgabe nach und hätte keine ruhige Minute gehabt, wenn er einmal aus Bequemlichkeit oder Gleichgültigkeit einen solchen Streckengang unterlassen hätte. Gut, er könnte sagen, dass er den Weg abgegangen sei, er könnte sogar seine Tochter zur Zeugenaussage veranlassen; denn es war ja niemand da, der ihn kontrollierte. Aber sollte doch einmal im Tunnel ein Schienenbruch oder eine abgesprengte Schraube übersehen werden, war das Unglück da und er hätte es verschuldet und müsste es auf sein Gewissen nehmen.

Und davor wollte er sich bewahren.

Während er mit gleichmäßigem Schritt von Schwelle zu Schwelle ging und seine Augen den Schienen folgen ließ, mit dem Hammer gegen die Eisen klopfte und auf den Klang lauschte oder seinen großen Schlüssel an den Schrauben ansetzte, blieb Gina allein im Haus zurück. Sie hatte eigentlich den ganzen Tag zu tun; sie kochte, besorgte die Wäsche, hielt die Wohnung in Ordnung, sie kümmerte sich um den kleinen Garten hinter dem Haus und unterstützte den Vater in seinem Dienst, und wenn sie nur in seiner Abwesenheit die Telefondurchsagen entgegennahm oder die Schranken bediente, wenn ein Güterzug oder eine Lokomotive durchkam.

In den Augen Thalrainers war sie natürlich eine Faulenzerin, denn er konnte sich nicht vorstellen, dass es im Bahnwärterhaus für einen jungen Menschen überhaupt etwas zu tun gab, gemessen an der schweren sommerlichen Arbeit auf einem Bauernhof. So kam es, dass er sie öfter mit groben Worten bedachte und auf ihr Faulenzerleben anspielte. Aber sie machte sich nichts daraus und ließ ihn reden.

Aus einem groben Holz können keine weichen Töne kommen, war ihre Einstellung.

Sie holte eben die Wäsche von der Leine, die sie am Vormittag zum Trocknen aufgehängt hatte, als plötzlich Simon neben ihr stand.

»Fleißig?«, fragte er und lächelte verlegen.

Sie hatte sein Kommen nicht bemerkt und wandte sich erschrocken nach ihm um.

Aber er ließ ihr nicht lange Zeit, sich eine abweisende Antwort zu überlegen. Mit unschuldiger Miene fuhr er fort: »Einen schönen Frühherbst haben wir heuer. Man kann sich daran direkt freuen.«

Sie setzte ihre Arbeit fort, faltete die Wäsche zusammen und legte sie in den Korb.

»Schau nur, wie blau und herrlich unsere Berge im Sonnenlicht dastehen«, sprach er weiter. »Manchmal packt mich direkt die Lust, zur Kofelspitze aufzusteigen. Ob noch Edelweiß blühen?«

»Warum steigst nicht auf?«, fragte sie kühl.

»Hm – du darfst nicht vergessen, dass ich eben erst aus der Kaserne gekommen bin und einen Drill hinter mir habe, dass einem der Schweiß vom Gesicht getropft ist. Da mag man sich nicht gleich wieder plagen.«

Sie antwortete nicht darauf und dachte sich ihren Teil. Sie wusste ja, was dieser Thalrainersohn von Mühe und Plage hielt.

»Ich möchte mit dir bloß über den Abend sprechen, Gina«, begann er plötzlich. »Es ist nämlich alles ganz anders gekommen, als ich es mir gedacht und gewünscht habe. Ich weiß eigentlich gar nicht, wie es dazu gekommen ist. Mir ging erst ein Licht auf, als du plötzlich davongelaufen bist. Nun lässt es mir keine Ruhe mehr.«

»Ich nehme an, dass du betrunken warst«, antwortete sie.

»Das glaube ich auch.«

»Das entschuldigt einiges. Jedenfalls möchte ich drüber nicht mehr sprechen.«

»Gerade darum wollte ich dich bitten, Gina. Weiß es dein Vater?«

»Nein.«

Er atmete auf. »Schau, ich bin ja selbst hineingezogen worden. Wie gesagt, ich habe etwas ganz anderes gewollt und erwartet. Der Roland war immer ein guter Kumpel, ein anständiger Kerl, aber er war betrunken wie ich auch, und da verliert man die Kontrolle über sich. Verstehst du das?«

Sie horchte jetzt gegen das Haus. Das Telefon läutete. »Ich muss eine Durchsage abnehmen; der Vater ist nicht da«, sagte sie und eilte weg.

Die Sprechanlage befand sich vor dem Haus, gleich neben dem Läutwerk. Sie meldete sich und notierte die Durchsage.

Simon stand neben ihr.

»Was ist noch?«, fragte sie.

»Du sagst doch niemandem etwas davon?«

»Was denn?«

»Ich meine von der Feier droben im Landhaus?«

»Wenn du mich in Zukunft mit solchen Einladungen verschonst, vergess ich es gern.«

»Du kennst doch den Architekten?«

»Natürlich; er kommt oft genug hier vorbei.«

Er drückte ein wenig herum. »Er darf nichts erfahren, Gina! Es ist wegen Roland. Du verstehst mich schon. Er ist nämlich ein strenger Vater, ich möchte nicht haben, dass er den Roland deswegen zur Rechenschaft zieht.«

»Warum sollte er das tun? Ich meine, der Architekt hat doch seinem Sohn erlaubt, sein Landhaus für die Feier zu benutzen?«

»Schon, schon, aber es ist doch besser, wenn er nichts davon erfährt.«

Sie schaute ihn abschätzend an. »Ich glaube, du hast mich damals belogen, Simon!«

»Wieso?«

Sie winkte ab. »Lassen wir das. Ich habe keine Lust, mich in fremde Angelegenheiten einzumischen und ich schäme mich selbst dafür, dass ich überhaupt mitgegangen bin. Ich verstehe heut nicht mehr, dass ich es überhaupt gemacht habe. Manchmal ist es hier im Zedertal halt sehr einsam und da macht man eine Dummheit. Nein, du brauchst nichts zu befürchten; ich werde niemandem etwas sagen, schon weil ich mich selbst dafür schäme. Bist du jetzt zufrieden?«

»Nicht ganz«, lächelte er und kam ein paar Schritte näher. »Zwischen uns hat sich doch nichts geändert?«

»Es kann sich nichts geändert haben, Simon, weil nie etwas zwischen uns beiden war.«

»Bis auf die dumme Geschichte an jenem Abend.«

»Die wollen wir streichen. Und jetzt muss ich Dienst machen! In einigen Minuten kommt eine Lok durch.«

Sie ging ins Haus, um sich dienstfertig herzurichten.

Als sie darauf die Schranken schloss, schlenderte Simon auf der schmalen Fahrstraße dem väterlichen Gehöft zu.

Wenn das Wetter nicht gar zu schlecht war und es auch kein anderes Hindernis gab, ging Gina am Sonntagmorgen zur Kirche. Der Weg ins Dorf war weit und konnte zu einer Strapaze werden, besonders im Winter, wenn Schneestürme alle Gehspuren verwehten. Aber auch im Sommer kam es manchmal zu Unwettern.

Es war ein einsamer Weg, auf dem man kaum einmal einem Menschen begegnete. Hin und wieder kam es vor, dass Peter mit seinem Motorrad hinter ihr herratterte und sie überholte. Gewöhnlich hatte er dann seinen Vater hinter sich auf dem Soziussitz, der mit seinem wuchtigen Körper dem Fahrzeug eine fast erdrückende Schwere verlieh.

Komisch, dachte Gina; der Bauer vom Thalrainerhof galt allgemein als ein schwerreicher Mann, das sah man auch seinem stattlichen Hof und seiner großen Viehherde an. War er zu sparsam und zu geizig, um sich ein Auto zuzulegen? Oder wollte er das aus irgendeinem anderen Grund nicht? Fürchtete er, dass dieses Auto doch nur vom Simon in Beschlag genommen würde und somit nur Streit ins Haus käme?

Gina wusste es nicht und kümmerte sich auch nicht darum. Was gingen sie die Leute vom Thalrainerhof an! Sie schaute dem Fahrzeug nach und wich der Staubwolke aus, die es hinter sich aufwirbelte.

Vater und Sohn machten einen düsteren, mürrischen Eindruck, als käme nie ein freundliches Wort, geschweige denn ein Lachen aus ihrem Mund. Allein der Simon machte da eine Ausnahme, aber man konnte ihm nicht trauen. Hinter seiner Freundlichkeit verbarg sich Hinterlist, ja sogar Gemeinheit. Dieses Gefühl hatte Gina immer, wenn sie mit ihm zusammentraf.

Manchmal schon war es vorgekommen, dass ihr auf diesem Weg ins Dorf der Architekt mit seinem Auto begegnet war. Er hielt dann an und ließ sie einsteigen. Es war ein großer Mann mit scharf geschnittenem Gesicht und langen, schütteren grauen Haaren. Er war nicht nur vornehm und klug, sondern auch freundlich und leutselig; er unterhielt sich mit ihr, als wäre sie seinesgleichen. Am Anfang war sie noch schweigsam und scheu gewesen, aber nach und nach freute sie sich, wenn er ihr über den Weg kam.

Auch ihm schien sie zu gefallen, aber er sagte nie ein Wort, das ein Mädchen in Verlegenheit hätte bringen können. Und das rechnete sie ihm hoch an. Sie wusste nicht einmal, ob er verheiratet oder verwitwet war. Sie wusste nur, dass er einen Sohn hatte, der manchmal neben ihm im Auto saß.

Auch an diesem Sonntagmorgen holte er sie mit seinem Wagen gleich draußen vor dem Dorf ein, als sie nach dem Gottesdienst wieder auf dem Heimweg war. Er hielt an und öffnete die Autotür, ihr eine freundliche Aufforderung zum Einsteigen zunickend.

Darauf saß sie wieder in dem eleganten Wagen, den er gemächlich die schmale staubige Strauße entlang steuerte. Vom Motor war fast nichts zu hören.

Es fielen dieselben Worte wie sonst, er fragte, wie es ihr gehe und was sich ereignet habe im Zedertal. Er erklärte, dass er in letzter Zeit sehr viel zu tun gehabt habe und kaum mehr Zeit finde, nach seinem Landhaus zu schauen.

»Ich denke, es wird doch noch stehen?«, fragte er scherzend.

Sie fühlte sich von dieser Frage seltsam berührt. »Warum soll es nicht mehr stehen, Herr Ammon?«

»Nun ja, es könnte inzwischen abgebrannt oder von einem Erdrutsch weggefegt sein«, lächelte er.

»Das hätten wir sicher bemerkt«, meinte sie.

Sie hatte heute kein ganz gutes Gewissen und fürchtete, er könnte ihr das ansehen. Sicher wusste er nichts davon, dass sein Sohn mit seiner Freundin und dem Thalrainer Simon, der bestimmt auch nicht ohne Partnerin war, das einsame Landhaus zu ausschweifenden Partys benützt hatte.

Aber sie durfte ihm ja nicht sagen, dass sie selbst einmal dabei gewesen war.

Sie hatte das Gefühl, als beginge sie an ihm einen Betrug. Hätte sie doch wenigstens dem Simon nicht versprochen, dass sie nichts darüber sagen würde.

»Wenn ich mehr Zeit habe und eine Woche Urlaub nehmen kann, kommen Sie einmal mit Ihrem Vater herauf zu mir, Gina. Dann machen wir uns einen gemütlichen Nachmittag.«

Sie war so überrascht davon, dass sie keine Antwort geben konnte.

Er schaute sie von der Seite an. »Wollen Sie das nicht?«

»Doch – schon, aber …«

Er lachte. »Wir sind doch Nachbarn und ich würde mich freuen, wenn wir uns ein wenig besser kennen lernten«, fuhr er fort. »Warum sollen wir nicht einmal zusammen einen netten Nachmittag verbringen?«

Sie wurde verlegen. »Ich fürchte, wir können wenig dazu beitragen, Herr Ammon; wir sind ganz einfache Leute.«

»Aber nett und ehrlich. Das ist das Ausschlaggebende. Was mir an Ihnen ganz besonders gefällt, das ist das Natürliche, Bescheidene, Aufrichtige an Ihnen, Gina. Ich freue mich jedes Mal, wenn ich Sie irgendwo treffe oder sehe. Nebenbei aber tun Sie mir auch ein wenig Leid; denn so ein junger Mensch muss sich im Zedertal ja wie begraben vorkommen!«

»O nein! Ich habe den ganzen Tag zu tun und dann habe ich ja meinen Vater und bin nicht allein. Ich freue mich auf jeden neuen Tag!«

»Großartig! Ich sehe, das größte Glück auf Erden ist doch die Zufriedenheit. Aber wer ist heutzutage noch zufrieden?«

»Wir sind es, Herr Ammon, mein Vater und ich.«

»Dazu kann man Ihnen beiden nur gratulieren!«

Sie hatten mittlerweile das Bahnwärterhäuschen erreicht. Er hielt den Wagen an und sie sprang heraus.

Er reichte ihr noch die Hand und fuhr dann die schmale Bergstraße entlang weiter.

Gina schaute dem Wagen nach, bis er an der ersten Kehre ihren Blicken entschwand.

Der Vater zog eben das Läutwerk auf, als sie um die Ecke kam.

»Du bist früh dran!«, meinte er.

»Herr Ammon hat mich im Auto mitgenommen. Dafür gibt es nun das Mittagessen eine Stunde früher. Etwas dagegen?«, scherzte sie und eilte ins Haus.

Er freute sich an ihrer guten Laune und schaute ihr lächelnd nach.

Auch am Sonntag musste der Bahnwärter vom Zedertal seine Strecke abgehen. Schon bald nach dem Mittagessen machte er sich dazu fertig.

»So gegen vierzehn Uhr soll heut ein Sonderzug durchkommen«, sagte er zu seiner Tochter. »Soll ich den noch abwarten?«

»Nicht nötig, Vater, das erledige ich«, antwortete sie. »Du kannst schon gehen, damit du etwas früher zu deinem Feierabend kommst. Ich will ja auch etwas zu tun haben!«

Als die Abfahrt des erwarteten Zuges von der Station angeläutet wurde, setzte Gina die Dienstmütze auf und hängte sich das Signalhorn um, wie es die Vorschrift verlangte.

Dann ging sie hinaus, stellte das Signal auf Durchfahrt und ließ die Schranken herab.

In diesem Augenblick ratterte ein Motorrad heran und hielt vor der geschlossenen Schranke an. Peter Thalrainer war es. Hinter ihm saß diesmal nicht sein Vater, sondern ein schönes und selbstbewusstes Mädchen, bekleidet mit einer Windjacke und einem Schutzhelm, an dem sie die Augenklappe herabgelassen hatte.

»Ich würde gern die Schranken öffnen und euch noch schnell durchlassen, aber es wäre gegen die Vorschrift!«, rief Gina den beiden zu.

»Nicht nötig!«, antwortete Peter. »Wir können schon warten.«

Er musste es ebenfalls laut rufen, damit er beim laufenden Motor gehört wurde.

»Der Zug muss jeden Augenblick durchkommen!«

»Schon gut, Gina!«

Während Gina nun in die Richtung schaute, aus der der Zug kommen sollte, überlegte sie, wer wohl die Beifahrerin sein könnte. Sie kannte das Mädchen nicht. Freilich, durch die Schutzbrille vermochte sie das Gesicht nicht zu erkennen. Aber auch sonst war ihr alles fremd an ihr. War es vielleicht eine Verwandte vom Thalrainer? Oder gar so etwas wie die Freundin von Peter?

Die Fremde schob jetzt die Schutzbrille hoch. Ihr Gesicht war jung und schön. Das Einzige, was daran störte, war der kalte Blick, mit dem sie das Bahnwärtermädchen betrachtete.

»Seit wann gibt es im Zedertal eine Bahnwärterin?«, fragte sie ihren Begleiter.

»Es gibt nur einen Bahnwärter, das hier ist seine Tochter. Sie vertritt hin und wieder den Vater, wenn er seine Strecke abgeht«, antwortete Peter.

»Darf denn das sein?«

»Wahrscheinlich. Warum auch nicht?«

Als Gina ihnen wieder ihren Blick zuwandte, traf er mit dem des Mädchens zusammen. Aber fast im gleichen Augenblick rollte der Zug heran und donnerte vorbei.

Darauf öffnete sie die Schranken. Peter setzte sein Motorrad in Bewegung. »Servus, Gina!«, rief er der Schrankenwärterin zu.

»Servus, Peter!«

Das Motorrad ratterte davon.

»Armer Peter!«, flüsterte Gina ihnen leise nach.

»Wenn das deine Freundin ist, dann tust du mir heut schon Leid.«

Das Mädchen, das Peter heute das erste Mal seinem Vater vorstellte, stammte aus einem Gutshof, der schon seit mehreren Generationen im Erbpachtrecht vergeben war, das heißt, der Sohn trat jeweils in das Pachtrecht des Vaters ein, wenn dieser die Arbeit aus der Hand legte. Er war also nicht der eigentliche Besitzer, sondern nur Pächter der Ländereien und des Hofes, aber er hatte das verbriefte Recht, alles an seinen Sohn und Nachfolger übergeben zu dürfen, wenn er in den Ruhestand ging.

Sabine hieß dieses Mädchen und wurde kurz Bine genannt. Ihr Vater, der Sennhofer, war ein geachteter und angesehener Bauer, natürlich auch dem Thalrainer vom Zedertal wohl bekannt. Peter hatte dieses Mädchen bei einer dörflichen Hochzeit kennen gelernt, sie hatten aneinander Gefallen gefunden und sich darauf noch öfter getroffen. So war es zu dieser Beziehung gekommen, über die sich so mancher Außenstehende wundern mochte; denn es war ein sehr ungleiches Paar. Peter Thalrainer war ein gesunder, robuster und derber Naturbursche, in seinen Bewegungen ein wenig ungelenk, in seiner Ausdrucksweise unbeholfen. Die Tochter des Sennhofer dagegen war ein Geschöpf ihrer Zeit, das mit der ländlichen und gar bäuerlichen Denkweise nichts mehr gemein hatte, zumal sie auch einige Jahre in einem vornehmen Internat gewesen war.

Aber wie überall, so war es auch den Leuten

vom Sennhof bekannt, über welch reichen Grundbesitz der Thalrainer vom Zedertal verfügte. Und da Peter, dessen ältester Sohn, als Hoferbe galt, konnte man ihn so, wie er war, schon in Kauf nehmen. Außerdem musste er ja nicht so bleiben, wenn einmal eine Frau ihren Einfluss auf ihn ausübte und einen anderen Mann aus ihm machte, einen vornehmen Herren, der sich seiner Stellung und seines Vermögens bewusst war, der nicht auf einem Motorrad, sondern in einem eleganten Wagen in der Gegend umherfuhr, der sich so viele Dienstboten hielt, dass er selbst keine niedrigen Arbeiten machen musste, der es sich leistete, das Leben von der schöneren und vergnüglicheren Seite zu nehmen, und sich alles gönnte, was ein reicher Mann sich leisten kann.

Das alles lag am Einfluss einer Frau, wenn sie ihn zu lenken verstand.

So sah Sabine die Zukunft vor sich und sie hatte keinen Zweifel, dass sie es mit diesem Mann schaffen würde. Nun war sie einigermaßen gespannt auf die Begegnung mit dem alten Thalrainer; denn Peter hatte ihr bereits einiges von seinem Vater erzählt, was nicht gerade ermutigend war.

Er nahm hin und wieder eine Hand vom Lenker und deutete hin auf die weiten Wiesen, Felder und Wälder. »Das gehört alles zu unserem Hof! So weit du schauen kannst!«

»Wie viele Angestellte habt ihr denn?«, rief sie ihm ins Ohr.

»Nur ein paar. Man macht heut ja alles mit Maschinen und da sind wir gut eingerichtet.«

»Freilich, und dein Vater ist ja auch noch da und dein Bruder wird sicher ebenso mithelfen.«

»Wenn er gerade mag, dann schon.«

»Was heißt das?«

Er zuckte die Schultern. »Mir wäre wohler, wenn er nicht da wäre; seine Arbeit mache ich noch gerne mit.«

Sie schaute jetzt auf den lang gestreckten, breiten Hof, auf die zahlreichen Fenster der Vorderfront, die ihr wie feindselige Augen entgegenschauten.

Unter der Haustür erschien jetzt die wuchtige Gestalt des Alten. Er schien das Motorrad gehört zu haben und war nun aus dem Haus gekommen, um die Braut seines Sohnes zu begrüßen.

Er streckte ihr seine schwere Hand hin, der man ansah, dass sie ein Hufeisen biegen konnte. »Grüß dich Gott, Dirndl!«, sagte er freundlich und betrachtete sie aufmerksam, ohne zu erkennen zu geben, welchen Eindruck sie auf ihn machte.

»Grüß Gott, Thalrainer!«, entgegnete sie und griff nach der dargebotenen Hand.

»Es freut mich, dass du gekommen bist. Deinen Vater kenn ich gut, aber wir zwei haben uns wohl noch nie gesehen. Wie?«

»Kaum.«

Eine ganze Weile dauerte dieses gegenseitige Mustern und Abschätzen, während Peter sein Motorrad unter das Vordach stellte.

»Jetzt komm nur herein!«, sagte dann der Alte und führte den Gast in die behagliche Bauernstube.

»Leg ab und nimm Platz!«

Sabine schlüpfte aus der Jacke und nahm den

Motorradhelm ab. Am Wandspiegel brachte sie geschickt ihre Haare in Ordnung. Sie waren blond und modisch aufgesteckt.

Peter rieb sich die Hände, als er das Staunen des Vaters sah, obwohl er noch nicht wusste, welchen Gefühlen dieses Staunen entsprang.

Darauf setzten sie sich um den Tisch in der Ecke und mühten sich zunächst um eine Unterhaltung. Dann schlug der Alte plötzlich vor, sie solle sich von seinem Sohn im Haus und auf dem Hof herumführen lassen, um alles in Augenschein zu nehmen. Unterdessen sollte die Susi einen guten Kaffee kochen.

Peter führte das Mädchen also herum, zeigte ihr das wohl bestellte Haus, die Küche, die Kammern, er ging mit ihr durch den Stall, der mit erstklassigem Vieh bestückt war, er zeigte ihr die Einlagerungen in den Scheunen und Silos und führte ihr die hochmodernen Maschinen im Schuppen vor.

Alles war in einem ausgezeichneten Zustand.

»Es ist nur ein bissl einsam bei uns«, meinte er. »Aber wenn man es gewöhnt ist, hat man auch daran seine Freude.«

»Da könnte man Abhilfe schaffen«, antwortete sie gelassen. »Mit einem Auto ist man gleich im Dorf und auch in der Stadt. Unser Hof liegt ja auch sehr einsam, aber mit Auto und Fernsehapparat haben wir uns nie einsam gefühlt. Mich wundert, dass ihr nicht längst ein Auto habt!«

»Der Vater ist da ein bisschen eigen«, entgegnete er ein wenig verlegen.

»Oder vielleicht zu geizig?«, lächelte sie.

»Das kann auch sein. Aber eines Tages wird er ja

in den Austrag gehen und dann können wir es machen, wie wir wollen.«

»Wann wird das sein? Dein Vater schaut noch recht gesund und rüstig aus!«, meinte sie.

Er zuckte die Schultern. »Vielleicht erfährst du das leichter von ihm als ich. Du gefällst ihm gut!«

»Glaubst du? Jedenfalls werde ich ihm sagen, dass ich erst dann heirate, wenn übergeben ist. Denn ich mache nicht gern die Magd im Haus!«

»Das ist völlig richtig, Bine.«

Darauf kehrten sie wieder in die Stube zurück.

Der Alte wanderte darin hin und her. »Nun, wie gefällt es dir bei uns?«, fragte er.

»Recht gut.«

Der Thalrainer lachte geschmeichelt. »Mein Hof kann sich sehen lassen. Man hat ja schließlich nicht ein Leben lang gefaulenzt!«

Die Magd trug jetzt den Kaffee auf. Während sie nun plaudernd um den Tisch saßen und Kaffee tranken, kam plötzlich Simon zur Tür herein. Er war zum Ausgehen angezogen und hatte sogar einen Hut auf.

»Verzeihung!«, sagte er und nahm den Hut ab. »Da ist ja Besuch da!«

Er wollte wieder gehen.

»Bleib!«, befahl der Bauer. »Das ist die Tochter vom Sennhofer, falls du sie noch nicht kennst!«

Simon kehrte zurück und ging langsam auf das Mädchen zu. »Ach, das ist ja die Bine!«, rief er lachend. »Ich hätte dich beinahe nicht erkannt! Bist eine richtige Dame geworden! Grüß dich!« Er reichte ihr die Hand, die sie etwas zögernd ergriff.

»Ich bin der Simon. Es ist freilich schon lange her, dass wir uns zum letzten Mal gesehen haben«, fuhr er freundlich fort. »Ich glaub, es war beim großen Trachtenfest in Luegen vor vier Jahren. Seitdem hab ich die Bundeswehrzeit hinter mich gebracht. Damals hast du noch einen langen Zopf getragen!«

Sie lachte jetzt und bestätigte, dass es so war.

Peter streifte mit einem Blick das Gesicht seines Vaters, der den Mund jetzt so verzerrte, als wäre ihm ein Brocken im Hals stecken geblieben.

»Hol dir eine Tasse!«, befahl der Alte. »Und setz dich zu uns!«

Simon kam dieser Aufforderung sofort nach. Er brachte nun auch Schwung in die Unterhaltung und auch Bine wurde besser gelaunt und lebhafter.

Es wurde erzählt und viel gelacht. Nur Peter verhielt sich schweigsam. Er beobachtete eifersüchtig die Blicke, die sein Bruder und das Mädchen sich zuwarfen, und hatte das Gefühl, als wäre Simon nun der Mittelpunkt der kleinen Gesellschaft, als hätte der Besuch des Mädchens ausschließlich nur ihm gegolten.

Solche Gedanken verdarben ihm die gute Laune und schürten den Hass gegen seinen Bruder.

Und der Vater lachte über die Angebereien seines Jüngsten.

Die Magd räumte den Tisch ab. Der Alte zündete seine Pfeife an, Simon zog ein Zigarettenpäckchen hervor, bot Bine davon an und sie nahm wirkliche eine Zigarette heraus und ließ sich von ihm Feuer geben.

In diesem Augenblick verwünschte Peter, dass er Nichtraucher war. Sogar darin stand er hinter seinem Bruder zurück; er konnte Bine nicht einmal eine Zigarette anbieten!

Heiter wurde die Unterhaltung fortgeführt und erst, als es in der Stube zu dunkeln anfing, brach das Mädchen auf. Peter war sogleich auf den Beinen. Er war froh, dass die beiden sich jetzt wieder trennen mussten, und er nahm sich vor, dem Mädchen über den wahren Charakter seines Bruders reinen Wein einzuschenken, gleich bei der nächsten Gelegenheit, vielleicht schon jetzt, wenn er sie heimfuhr.

Simon half dem Mädchen in die Jacke und verabschiedete sich herzlich von ihm.

Der Alte begleitete sie noch hinaus.

»Es war sehr nett!«, sagte sie.

»Es freut mich, dass es dir gefallen hat«, entgegnete der Alte.

»Sehr!«

»Sag viele Grüße daheim und bestelle deinem Vater, dass wir demnächst kommen werden, vielleicht schon am nächsten Sonntag. Dann können wir ja über alles reden.«

Peter hatte bereits sein Motorrad startbereit gemacht und den Motor angelassen. Bine saß auf und klammerte sich an ihm fest.

Sie winkte dem Alten noch zu, als sie davonfuhren. Unter der geöffneten Tür stand Simon und winkte.

Der alte Thalrainer kehrte langsam in die Stube zurück. Simon folgte ihm.

»Was sagst du zu ihr?«, fragte der Vater den Sohn.

»Ich staune, was aus der Bine geworden ist!«, antwortete Simon begeistert. »Sie ist sehr anziehend! Eine richtige Dame!«

Der Alte winkte ab. »Wichtiger wird sein, dass sie auch tüchtig ist!«

»Daran zweifle ich nicht, der Sennhof ist ein gutes Haus!«

»Du musst es ja wissen!«, höhnte der Vater.

»Bist du vielleicht anderer Meinung?«

Der Alte schüttelte den Kopf. »Sie ist die Jüngste von den Kindern und die werden immer ein bisschen verzogen. Mir gefällt es nicht, wenn ein junges Mädchen so viel Schminke im Gesicht hat, als ob es Fasching wäre!«

Simon lachte. »Das ist eben modern, Vater! Du kommst bloß nirgends mehr hin, darum fällt dir das auf. Du darfst nicht vergessen, die Bine ist ein paar Jahre fort gewesen!«

»Ja, in einem vornehmen Internat. Wird ihnen dort das beigebracht?«

»Es gehört zwar nicht zum Lehrplan, aber zum Leben dort.«

»Du musst es ja wissen!«

Simon wollte Licht machen, aber der Vater wehrte es ab.

»Lass, ich will noch kein Licht!«, sagte er und stellte sich ans Fenster, um in die Dämmerung hinauszuschauen.

Vom Stall her hörte man jetzt die Geräusche der Arbeit, der Mistkarren polterte über die Schwelle, das Melkgeschirr klirrte, eine Kuh brüllte.

»Es fällt dir keine Perle aus der Krone, wenn du im Stall mithilfst«, knurrte der Alte.

»Warum auf einmal?«, wunderte sich der Sohn.

»Weil der Peter nicht da ist. Geh also!«

»Gern. Bloß hätte ich noch eine Bitte an dich, Vater, weil wir gerade allein sind.«

Der Bauer wandte sich nach ihm um und lehnte sich breit am Fensterbrett an. Es war jetzt schon so dunkel, dass sie einander kaum mehr sehen konnten.

»Um was geht es?«, fragte der Alte.

»Ich brauche ein bisschen Geld, Vater.«

Eine Weile blieb es still. »Schon wieder?«, kam dann die Stimme vom Fenster her. »Wie viel denn?«

»Wenn es geht, so fünfhundert Mark.«

»Was? Gleich fünfhundert Mark? Wozu denn?«

»Ich muss eine Schuld zurückbezahlen, von der Militärzeit her noch. Du weißt ja, wie es zugeht: man wird von den Kameraden überredet, dies und jenes mitzumachen. Hat man gerade kein Geld, dann pumpt man es sich, weil man keinen Außenseiter machen will.«

Thalrainer schaute mit zusammengekniffenen Augen auf seinen Sohn. »Dann war dir also das Geld zu wenig, das ich dir alle Augenblicke geschickt hab?«, fragte er.

»Nicht zu wenig, Vater! Du darfst mich nicht falsch verstehen! Es hat halt nicht gereicht und das ist meine Schuld.«

Es trat eine lange Pause ein.

»Wem bist du dieses Geld schuldig?«, fragte dann der Alte.

»Dem Roland.«

»Welchem Roland?«

»Dem Sohn des Architekten. Wir waren doch auf der gleichen Stube.«

»Der Architektensohn scheint mir auch so ein Früchtchen zu sein, an dem der Vater seine Freud haben kann, wie?«

»Er ist ein guter und verlässlicher Freund, Vater!«

»Ja, vielleicht für dich! Aber es ist eine Schande, wenn der Sohn vom Thalrainer Schulden macht!«

»Es soll nicht mehr vorkommen, Vater!« Es klang zerknirscht.

In die Stille, die jetzt eintrat, drang plötzlich das Poltern des Expresszuges, der eben das Tal durchbrauste und seine Kurve hinauf zum Tunnel zog. Wie ein Aufschrei hörte sich das Kreischen der Schienen an.

Der Alte drehte sich nach dem Fenster um und drückte die Hände gegen die Ohren, als ginge dieses Geräusch ihm auf die Nerven. Er schnaufte laut.

Simon beobachtete ihn verwundert. »Was ist denn, Vater? Das ist bloß der Abendexpress.«

»Mach Licht!«, befahl der Bauer mit harter Stimme.

Simon griff an den Schalter und knipste das Licht an.

Der Bauer ging nun zum Schrank und sperrte ihn auf. Dann wandte er sich nach seinem Sohn um. »Da hast du das Geld. Aber es ist das letzte Mal! Verstanden?«

»Dank schön, Vater!«

»Der Peter braucht es nicht zu wissen!«
»Bestimmt nicht!«
»Und jetzt hilf im Stall!«
Simon ging aus der Stube.

Nachdem der Express am Bahnwärterhäuschen vorbeigedonnert war, öffnete der Streckenwärter die Schranken und zog noch das Läutwerk auf. Er löschte bis auf die eine Lampe an der Bahnüberführung alle Lichter und ging dann ins Haus.

Gina hatte den Tisch zum Abendessen bereitet, das sie jetzt gemeinsam einnahmen. Wieder war ein Tag zu Ende, ereignislos und gleichförmig, ein Tag wie alle anderen, die sich nun schon seit Jahren zu einer Ewigkeit aneinander reihten.

Schweigsam wie immer saßen Rommig und seine Tochter beim Essen. Es wäre doch immer dasselbe, was sie sich zu sagen und zu erzählen gehabt hätten. Gina war froh, wenn es dem Vater schmeckte und wenn er darauf sein Pfeifchen stopfte, sich müde in seinen Faulenzerwinkel setzte und zufrieden vor sich hinrauchte. Sie räumte den Tisch ab, spülte das Geschirr und brachte ihre kleine Küche in Ordnung.

Dann erst setzte sie sich zum Vater in das Stübchen und nahm sich ihre Stickarbeit vor.

»Heut ist der Sterbetag der Mutter«, sagte er in die Stille. »Hast du daran gedacht?«

Sie nickte. »Schon sechs Jahre ist es her. Wo doch die Zeit hinkommt!«

Er stieß einen Seufzer aus, so dass sie ihm einen verwunderten Blick zuwarf.

»Sie musste früh sterben, war nicht einmal ganze vierzig Jahre alt«, fuhr er betrübt fort. »Ein kurzes Leben, aber man kann auch sagen, dass ihr viel erspart geblieben ist, vor allem dieses Zedertal hier.«

»Vielleicht hätte es ihr hier recht gut gefallen?«, erwog Gina.

»Wer kann schon glücklich und froh sein hier! Es ist bloß gut, dass wir psychisch stabil sind und die Schwermut uns nichts anhaben kann; sonst würden wir manchmal Gespenster sehen!«

»Wie du auf einmal redest, Vater!«, wunderte sie sich.

Er drehte sich auf seinem Stuhl. »Wenn ich meine Strecke durch den Tunnel abgehe und so durch das Dunkel taste, komme ich mir vor wie ein Gefangener, der im Zuchthaushof seine Runden dreht!«

»Und der Herr Ammon baut sich ein Landhaus ins Zedertal! Ihm scheint es hier zu gefallen.«

»Ja, für ein paar Tage, an denen er seine Ruhe will. Dann fährt er wieder in die Stadt zurück. Dafür mag es im Zedertal recht schön sein.«

»Und die Leute vom Thalrainerhof? Sie verbringen ihr ganzes Leben hier! Und sie möchten bestimmt nirgends anders sein.«

Er zuckte die Schultern. »Ich weiß es nicht. Schau dir den Thalrainer an, der ist bestimmt ein robuster Mann, dem man alles nachsagen kann außer Zimperlichkeit und weichem Gemüt. Und dennoch habe ich ihn auf meinem Streckengang schon angetroffen, wie er wie eine Säule da gestanden und zum Tunnel hinaufgestarrt hat, als hätte er dort ein Gespenst gesehen.«

Sie lachte leise.

»Du glaubst mir wohl nicht? Mein liebes Kind, den einen packt es früher, den anderen später, Männer wie den Thalrainer vielleicht erst im Alter. Aber es leidet jeder darunter, du und ich und sogar der Thalrainer.«

Er nickte. »Ist nicht ein Tag wie der andere? Was sehen und hören wir noch von der Welt draußen? Wer kommt schon zu uns und kümmert sich um uns?«

»Aber wir haben doch die schönen Berge um uns!«, widersprach sie.

»Ja, die uns umgeben wie Gefängnismauern!«

Sie ließ ihre Stickarbeit in den Schoß sinken und schaute ihn fast erschrocken an. »Ich verstehe nicht, was du auf einmal hast, Vater!«

»Man hat eben manchmal seinen schweren Tag, wo alles leer und dunkel scheint. Wenn ich da auf den Tunnel zugehe, sehe ich vor dem Eingang einen Menschen stehen, er bewegt sich sogar, es scheint, als winke er mir zu. Meine Hand ist dann ohne Blut, so fest halte ich den Hammerstiel umkrallt.«

Sie schaute ihn verständnislos und kopfschüttelnd an. »Und dann? Was geschieht dann?«

»Natürlich ist es kein Mensch, vielleicht ist es mein eigener Schatten, der vor mir hergeht. Denn wenn ich den Tunnel erreiche, ist niemand da. Weit und breit niemand. Wer sollte sich auch vor dem Tunnel herumtreiben? Aber du siehst, man fängt manchmal zu spinnen an, wenn man nur noch mit seinen eignen Gedanken zu tun hat. Manchmal denke ich, dass es besser gewesen wäre, mich damals einzusperren, als mich in das Bahnwärterhaus vom Zedertal strafzuversetzen.«

»Bitte, Vater, denke doch nicht immer daran! Jetzt haben wir schon vier Jahre durchgehalten und werden es auch weiterhin schaffen!«

»Es geht mir nicht um mich, sondern um dich, Kind! Vielleicht habe ich etwas abzubüßen und ich will es auch tun, schon um des inneren Friedens willen. Aber dass du an dieser Buße mittragen sollst, das trifft mich noch weit schwerer!«

Sie lächelte ihm beruhigend zu. »Für mich ist es keine Buße, Vater! Darüber sollst du dir wirklich keine Gedanken machen.«

»Nächstes Frühjahr wirst du einundzwanzig, Gina. Dir gehen die schönsten Jugendjahre verloren!«

»Im Gegenteil!«, widersprach sie. »Ich fühle mich sogar sehr wohl hier!«

»Das kann nicht wahr sein!«

»Doch, es stimmt, Vater! Ich liebe das kleine Haus, das Gärtchen mit den Kirschbäumen. Ich habe das Gefühl, als ob es uns gehörte.«

»Was hast du von all dem, wenn nun wieder der Winter kommt!«

»Oh! Dann ist es erst recht schön, wenn die vielen Vögel, die Meisen und Gimpel und Finken an die Futterhäuschen kommen und wenn sich am Abend die Hirsche und Rehe heranschleichen an die Krippe! Ich habe schon wieder eine Menge Eicheln und Kastanien gesammelt. Ich glaube, es sind mehrere Zentner. Willst du's sehen?«

»Morgen zeigst du's mir.«

»So hart der Winter werden mag, Vater, ich freue mich trotzdem darauf.«

»Das sagst du nur zu meiner Beruhigung!«, zweifelte er.

»Nein, es ist wirklich so. Außerdem ist noch eine Weile hin bis zum Winter; vorläufig hat erst der Herbst angefangen. Ist heuer nicht ein herrlicher Herbst, Vater?«

Er nickte. »Ja, der Herbst ist schön.«

Sie setzte ihre Stickarbeit wieder fort und er stopfte seine Pfeife neu, nachdem er sie sorgsam ausgeklopft hatte.

»Ich frage mich halt, wie du hier einen Mann kennen lernen sollst, mit dem du einmal eine eigene Familie gründen kannst«, begann er dann.

Sie lachte. »Auch das hat noch Zeit, Vater! Lieber keinen Mann als einen schlechten. Wenn zwei zusammengehören, finden sie sich auch. Sogar im Zedertal!«

»Im Zedertal?«, rief er lachend. »Dann müsste es einer der beiden Söhne Thalrainers sein oder gar der Sohn des Architekten!«

»Vielleicht kommt einmal ein Fremder vorbei und findet mich?«, scherzte sie.

»Ja, im Zug, der mit Hundertzwanzig-Stundenkilometer-Geschwindigkeit vorbeisaust!«

»Es genügt, wenn er mich sieht und eines Tages zurückkommt!«, lachte sie.

»Du hast eine seltsame Phantasie, Gina!«

»Wenn ich keinen Mann finde, der genauso ist wie du, will ich lieber keinen. Und bis jetzt habe ich noch keinen solchen getroffen.«

»Du wärst sogar zufrieden mit einem Streckenwärter vom Zedertal?«

»Warum nicht? Bloß ein anständiger Kerl müsste er sein.«

»Und nicht wie ich strafversetzt! Vom Rangiermeister zum Streckenwärter!«, fügte er hinzu.

»Zu dieser Strafversetzung bist du unschuldigerweise gekommen, Vater! Darüber solltest du dir keine Gedanken machen!«

»Ich habe einen Menschen getötet!«

»Das ist nicht wahr! Du konntest nicht wissen, dass der Mann sich so unglücklich anstellte, dass er zwischen den Puffern zerdrückt wurde!«

»Trotzdem hat der Staatsanwalt mir fahrlässige Tötung vorgeworfen und sogar Gefängnisstrafe gefordert.«

»Aber das Gericht hat dich freigesprochen und das ist doch das Ausschlaggebende. In den Augen des Richters warst du unschuldig!«

»Weil der Verteidiger mich herausgehauen hat!«

»Nein! Das stimmt nicht! Du solltest dich endlich beruhigen! Oder hast du kein Vertrauen in die Urteilskraft des Richters?«

Rommig schwieg und schaute vor sich hin. »Vielleicht hast du Recht. Gott gebe es!«, sagte er.

»Wenn es nicht so wäre, hätte man dich aus dem Dienst entlassen!«

»Man hat mich nicht mehr im Rangierdienst eingesetzt, Gina!«

»Weil du das nicht wolltest! Du hast um Versetzung nachgesucht, darauf hat man dir den Streckendienst vom Zedertal vorgeschlagen.«

»Das war eine Degradierung!«

»Auf deinen eigenen Wunsch, Vater! Gib das doch endlich zu! Wenn du einmal um die Rückversetzung nachgesucht hättest, wärst du heut längst in der Stadt. Natürlich ist die Direktion froh, dass der Posten hier besetzt ist, den wahrscheinlich niemand haben will. So ist es doch?«

Der Streckenwärter schwieg. Seine Pfeife war ausgegangen, er musste sie von neuem anzünden.

»Du hast Recht«, sagte er dann. »Vielleicht gebe ich bald um eine Versetzung ein.«

»Aber, bitte, Vater, nicht vor dem Frühjahr!«

Er schaute sie verständnislos an.

»Für meine armen Vögel und das Wild wäre das eine Katastrophe, wenn sie im Winter am Bahnwärterhaus kein Futter fänden«, fuhr sie fort. »Und was soll aus den vielen Eicheln und Kastanien werden, die im Schuppen liegen?«

Jetzt lächelte er. »Was bist du doch für ein seltsames Mädchen, Gina!«

»Bist du mit mir nicht zufrieden?«

»Doch, doch! Mir graut schon vor dem Tag, an dem ich dich verlieren werde.«

»Der Tag ist noch fern, Vater!«

»Das weißt du so wenig wie ich!«

»Doch, das weiß ich!«

Sie hielt ihre Stickarbeit unter das Licht und kontrollierte sie. Dann begann sie wieder eifrig zu sticheln.

Peter und Simon schliefen in einer Kammer, die gleich neben der Schlafstube des Vaters lag. Natürlich kam es nie vor, dass die beiden Brüder einmal zusammen schlafen gingen. Peter, der den ganzen Tag schwer arbeiten musste, legte sich schon bald nach dem Abendessen hin. Simon dagegen verließ meistens noch das Haus und kam oft sehr spät heim.

Wenn er gefragt wurde, wo er denn gewesen sei, nannte er ein paar Häuser im Dorf, wo er sich mit ein paar Freunden getroffen hätte.

Da Peter gewöhnlich fest und tief schlief, hörte er ihn nie heimkommen. Wenn dann am frühen Morgen der Wecker rasselte, stand Peter auf und warf nur einen Blick auf das andere Bett, in dem sein Bruder wie ein Toter schlief; denn ihn ging ja das Wecken nichts an.

Das allein schon ärgerte ihn oft bis zur Weißglut. Wie lange wollte dieser Kerl sich noch vor der Arbeit drücken?

Aber Peter wusste, dass sein Bruder in der Gunst des Vaters stand und seine Hilfe hatte, deshalb beherrschte er sich und schluckte seinen Ärger hinunter. Er wollte es jetzt mit dem Vater nicht mehr verderben, denn es stand gerade jetzt zu viel auf dem Spiel. Da es jetzt schon ein paar Mal zu Besuchen und Gegenbesuchen mit dem Sennhof gekommen war, hatte es beinahe den Anschein, als trüge der Vater sich mit dem Gedanken, den Hof bald zu übergeben. Die Bine und natürlich auch deren Vater übten einen starken Einfluss auf ihn aus.

Man durfte jetzt nichts an der günstigen Entwicklung verderben.

Aber die Geduld Peters wurde oft auf eine harte

Probe gestellt, wenn er, der künftige Bauer des Hofes, mit den Dienstboten zusammen am frühen Morgen in der Küche frühstückte.

Der Urlauber! Der Schöntuer und Taugenichts!

Das Kirchweihfest rückte heran, das in dieser Gegend noch nichts von seiner ursprünglichen Bedeutung verloren hatte. Die Ernte war unter Dach, Scheunen und Keller waren gefüllt, von den Bäumen pflückte man das letzte Spätobst.

In den Bauernhäusern wurde gebacken, geschlachtet und gebraten, denn zur Kirchweih gab es überall ein besonders üppiges Mahl. In Fässern wurde Bier und sogar Wein heimgeholt.

An diesem Tag stattete der Bauer seinen Leuten seinen besonderen Dank ab für die schwere Sommerarbeit, die man wieder hinter sich gebracht hatte.

Der Herbst bekam die Natur immer fester in seine Hand. Das Laub an den Bäumen verblasste, die Fluren lagen nackt und brach, aus den Wäldern leuchteten rot die Buchen.

Stürme kamen auf und brachten nasskalten Regen, Nebel stiegen auf und verhängten die Berge bis herab ins Tal, immer kürzer und schwächer trat die Sonne hervor.

Ein paar Mal schon war über Nacht Reif auf das Land gefallen. Das Weiden wurde eingestellt.

Es war kurz vor dem Kirchweihfest, als Peter durch lautes Gepolter aus dem Schlaf geweckt wurde. Da er nicht wusste, was dieser Krach eben zu bedeuten hatte, stand er auf und machte Licht. Da sah er, wie Simon sich gerade mühsam vom Boden erhob. Er musste über die Schwelle in die Kammer hereingestolpert und hingefallen sein.

Sofort stieg in ihm wieder die Wut über den Nichtstuer auf. »Was ist mit dir?«, brüllte er ihn an.

Simon richtete seinen trunkenen Blick auf ihn und lachte ihm verächtlich ins Gesicht. »Reg dich bloß nicht auf!«

»Bist du vielleicht gar besoffen?«

»Das geht dich einen Dreck an!«

Simon setzte sich aufs Bett und bückte sich, um seine Schuhe aufzubinden, was ihm allerdings nicht gleich gelingen wollte. Er war wirklich schwer angetrunken. Das verriet schon die Alkoholfahne, die ihn umgab.

»Das werden wir gleich sehen, was es mich angeht!«, zürnte Peter. »Du versäufst und verluderst das Geld, das wir mit harter Arbeit vom frühen Morgen bis zum späten Abend verdienen. Du hast noch keinen Finger gerührt, seit du vom Militär heimgekommen bist! Mich hätte der Vater schon erschlagen, wenn ich ein solcher Tagedieb wäre!«

»Du kennst mich –«

Jetzt ging Peter der Gaul durch. Er packte seinen Bruder beim Genick und stellte ihn mit einem Griff auf die Beine. Dann schlug er ihm rechts und links ein paar Mal ins Gesicht und warf ihn auf das Bett zurück. »Vielleicht merkst du jetzt, wie weit meine Geduld noch geht!«

Aber da fing es in den Augen Simons zu blitzen an. Er wischte sich übers Gesicht und sprang dann plötzlich auf. In seiner Hand hielt er den Griff eines Messers.

»Das wirst du mir büßen!«, knirschte er. »Dass ich dich noch kaltmache, dürfte dir klar sein. Wer bist denn du? Ein Bauernlackel! Ein Idiot, der von nichts eine Ahnung hat! Und du meinst, dass du mich schlagen darfst?«

Er kam drohend näher.

»Tu dein Messer weg!«, schrie Peter.

Aber Simon stach zu. Peter sprang beiseite und bekam den Wahnsinnigen von hinten zu fassen. Er wusste in seiner Wut nicht mehr, was er tat. Er hob ihn mit gewaltigen Kräften hoch und schleuderte ihn krachend auf den Boden, wo er wie leblos liegen blieb.

In diesem Augenblick sprang die Tür auf und der Vater kam herein. Er warf einen blitzenden Blick auf den stöhnend am Boden liegenden Simon und dann auf den in seiner Erregung zitternd dastehenden Peter.

»Was ist denn los?«, herrschte er seinen Älteren an. »Was hast du getan?«

Peter deutete schwer atmend auf das Messer, das Simon immer noch in der Hand hielt. Der Alte beugte sich zu ihm hinab und entriss es ihm.

»Was fällt euch denn überhaupt ein? Das ginge mir gerade noch ab!« Sein Blick fuhr wild zwischen den beiden Söhnen hin und her, dann warf er das Messer weg, packte den Jüngeren und stellte ihn mit Bärenkräften auf die Füße. Sein Gesicht wechselte ein paar Mal die Farbe, dann schlug er zuerst dem Jüngeren und darauf dem Älteren ein paar Mal ins Gesicht, dass beide taumelten. »Ich werde euch helfen!«, brüllte er. »Mitten in der Nacht einen solchen

Lärm zu machen! Sofort geht ihr ins Bett und keiner soll sich mehr mucksen!«

»Ja, ich geh zu Bett«, antwortete Peter, »aber nicht mehr hier in dieser Kammer! Oder willst du, dass ich mich von dem besoffenen Kerl da niederstechen lasse?«

Ohne eine Antwort abzuwarten, nahm er sein Bettzeug und trug es in eine andere Kammer, die sich weit hinten im Haus befand und leer stand. Ein paar Dienstboten waren von dem Lärm aufgewacht und hatten neugierig hervorgeschaut.

Peter machte sich dort sein Bett, schob den Türriegel vor und legte sich hin. Aber er fand jetzt keinen Schlaf mehr, dazu waren seine Gedanken viel zu unruhig. Er wusste, jetzt waren die Würfel gefallen, jetzt war der Wildbach hervorgebrochen, der sich längst angestaut hatte. Es gab zwischen ihm und seinem Bruder kein Zusammenleben mehr. Einer musste hier das Feld räumen, wenn es im Thalrainerhof nicht eines Tages zu Mord und Totschlag kommen sollte.

Der Vater würde sich nun zu entscheiden haben.

Er hörte, wie ein paar Mal an der Klinke gerüttelt wurde, und setzte sich auf.

Eine Faust polterte gegen die Tür.

»Was ist denn noch?«, fragte er.

»Mach auf!«

Es war die Stimme des Vaters. Er stand auf, machte Licht und schob den Riegel zurück.

Der Alte schob sich herein und drückte die Tür hinter sich ins Schloss.

»Wie ist es dazu gekommen?«, fragte er rau.

»Er kam heim und fiel zur Tür herein. Natürlich stellte ich ihn zur Rede, schon weil ich merkte, dass er betrunken war. Da fing er sofort Streit an, nannte mich einen Bauernlackel und Idioten und reizte mich so lange, bis ich ihm ein paar Ohrfeigen gab. Darauf zog er sein Messer. Da ging auch mir der Gaul durch. Am liebsten hätte ich ihm alle Knochen gebrochen, aber ich warf ihn dann nur zu Boden, so dass er liegen blieb.«

»Und jetzt? Wie stellst du dir vor, dass es weitergehen soll?«

»Die Entscheidung liegt bei dir, Vater. Es kann sein, dass du dich von deinem Lieblingssohn nicht trennen willst, aber wir beide werden nicht mehr unter einem Dach zusammenleben können. Erstens fühle ich mich in meinem Leben bedroht, zweitens habe ich keine Lust, diesen Tagedieb durch meine Arbeit mitzuernähren!«

Das Gesicht des Alten wurde immer finsterer, von seinen Augen war fast nichts mehr zu sehen, so weit zog er seine buschigen Brauen herab. Seine Hände waren wie zum Zuschlagen geballt.

»Du willst also, dass ich ihn hinauswerfe?«, fragte er.

»Das wirst du nie tun! Also bleibt mir nichts anderes übrig, als meine Sachen zu packen und auf fremdem Boden mein Glück zu versuchen. Ich räume das Feld, Vater, dann kannst du deinem Simon den Hof übergeben. So sehr ich dir gönne, dass du recht alt wirst, wünsche ich dir dennoch, dass du nicht erlebst, wie dein Hof verludert und verwirtschaftet wird. Das wünsche ich dir nicht.«

»Bist du verrückt?«, fuhr der Alte ihn an. »Da sind wir eben dabei, mit dem Sennhofer die Hochzeit auszumachen, und du trägst dich mit dem Gedanken, davonzulaufen?«

»Ich habe es satt, diesen Taugenichts noch länger herumlungern zu sehen und obendrein noch damit rechnen zu müssen, dass er mir in einem unbedachten Augenblick das Messer in den Leib stößt. Außerdem ertrage ich es nicht mehr länger, wie er dein besonderes Wohlwollen und deine Nachsicht dazu benützt, sich über mich als Herrn aufzuspielen. Und was die Bine betrifft, wird es sich dann wohl zeigen, ob sie wirklich mich liebt oder nur auf unseren Hof spekuliert hat. Geht es ihr nur um den Hof, dann habe ich an ihr nicht viel verloren und werde über die Enttäuschung hinwegkommen. Ob du mich ausbezahlst oder den Simon, das bleibt sich gleich. Aber du hast dann deinen Lieblingssohn bei dir. Und ich wünsche dir Glück dazu!«

Die letzte Bemerkung klang verbittert.

Das Gesicht des Alten zog sich noch finsterer zusammen. Mit zusammengebissenen Zähnen stand er da wie ein Felsblock, der von der Höhe herabgestürzt und auf einer Halde liegen geblieben war.

»Weißt du überhaupt, wo er sich Abend für Abend herumtreibt und sich seine Räusche holt?«, fuhr Peter unnachsichtig fort. »Weißt du, woher er das Geld nimmt für diese Art von Leben?«

Der Alte schwieg.

»Weißt du, ob er sich nicht mit leichten Mädchen herumtreibt?«, fügte Peter hinzu.

Der Vater blitzte ihn böse an. »Weißt es du?«

»Nein. Aber wenn du es nicht als eine Einmischung in deine eigenen Angelegenheiten betrachtest, könnte ich ihm ja einmal nachgehen. Nur möchte ich deine Gefühle nicht verletzen, Vater.«

Der Alte schaute ihn grimmig an. »Was heißt das?«

»Es müsste für dich peinlich sein, sollte ich ihn in schlechter und verkommener Gesellschaft antreffen, schon weil du immer so große Stücke auf ihn gehalten hast.«

»Was weißt du?«

»Vorläufig nichts. Aber ich werde mir Gewissheit darüber verschaffen.«

Der Bauer schüttelte den Kopf. »Ich werde der Sache selbst nachgehen und dann meine Entscheidung treffen. So lange hast du zu bleiben und dich um den Hof zu kümmern. Verstanden?«

»Ich bin kein Rebell und halte mich an deine Anordnungen, Vater. Aber du wirst mir erlauben, dass ich mich nebenbei auch ein wenig um meinen Bruder kümmere und um die Wege, die er geht.«

»Ein Verbrecher wird er schon nicht sein!«

»Aber er kann dazu werden.«

»Schweig!«

Der Alte griff nach der Türklinke und streifte noch einmal mit einem strengen Blick seinen Sohn.

»Ich will, dass ihr euch wieder vertragt!«

»Das hängt nicht von mir allein ab; dazu müsste auch der andere bereit sein.«

»Dafür werde ich sorgen! Und jetzt – gute Nacht!«

»Gute Nacht, Vater!«

Über den dunklen Flur huschte ein Horcher an der Wand wie ein Schatten davon und verschwand durch eine Tür, ohne von dem Alten bemerkt zu werden, der jetzt zu seiner Schlafstube ging.

Festlich erklangen die Kirchenglocken vom Dorf her durch das Tal und der Wind trug das Geläute bis hinein in das entlegene Zedertal. Die Bauern begingen an diesem Sonntag das Fest der Kirchweih. Schon tags zuvor flatterte hoch droben am Turm der Dorfkirche der »Zachäus«, wie man die Kirchweihfahne nannte.

Noch hing der Frühnebel dicht über Berg und Tal, aber ein heller Fleck verriet, wo die Sonne stand. Bald würde sie den Nebel durchbrechen und langsam auflösen; dann gab es sicher noch einen schönen sonnigen Tag, bis gegen Abend erneut der Nebel einfiel.

So war es auch. Als die Menschen nach dem festlichen Gottesdienst die Kirche verließen, lag über dem Dorf und dem ganzen Land heller freundlicher Sonnenschein. Sogar die Berge hatten sich vom Dunst freigemacht und waren angetan mit ihrem blauen herbstlichen Glanz.

Das hob auch im Inneren der Menschen die Stimmung und die Freude über diesen Tag, an dem besonders reichlich gegessen wurde und danach im Gasthaus die Tanzmusik spielte.

Wenn auch beides, das besonders gute Essen und der Kirchweihtanz, die Bahnwärterstochter Gina Rommig nicht sonderlich interessierte, erfreute sie sich gleichermaßen an dem hellen und freundlichen Sonnenschein, als sie vom Kirchgang auf dem

Heimweg war. Ihr Blick lag auf dem strahlenden Land, über dem vor kurzem noch eine kaltfeuchte, undurchdringliche Nebelwand gehangen hatte. Sie summte ein Lied vor sich hin und eilte die schmale Straße entlang, als liefe sie ihrem großen Glück entgegen.

Auf halbem Weg kam ihr ein Auto entgegen, das sie sofort als das des Architekten Ammon erkannte, als es aus einer Kurve auftauchte.

Als es dann gleich darauf auf gleicher Höhe mit ihr war, wurde es auch schon prompt angehalten. An der Fahrerseite wurde das Fenster geöffnet, ein Kopf kam zum Vorschein, aber es war nicht Herr Ammon selbst, sondern Roland, der ihr mit lachendem Gesicht einen schönen guten Morgen zurief.

Bei aller guten Laune, die sie eben noch gehabt hatte, überkam sie sogleich ein Gefühl der Peinlichkeit und Befangenheit. Sofort kam ihr die Erinnerung an jenen unschönen Abend, an dem sie sich leichtsinnig in das Landhaus entführen ließ, aus dem sie dann voll Angst und Abscheu entflohen war.

Dennoch gelang es ihr, seinen Gruß freundlich zu erwidern. Sie setzte aber ihren Weg sogleich wieder fort, um weiteren Fragen und Antworten zu entgehen.

Aber da hörte sie das Schlagen einer Autotür.

»Gina!«

Sie wandte sich um und sah sich Simon gegenüber.

»Du kommst wohl von der Kirche?«, fragte er.

Sie nickte.

»Du musst sehr fromm sein, wenn du diesen weiten Weg zu Fuß machst!«

Sie wusste nicht, ob es ehrlich oder spöttisch gemeint war. Trotzdem erwiderte sie: »Dir könnte es auch nicht schaden!«

»Meinst?«, heuchelte er. »Nun, es wird schon noch kommen. Manchmal hat man keine Zeit, manchmal auch keine Lust. Was treibst du den heute am Kirchweihtag?«

»Der wird nicht viel anders sein als die übrigen Tage«, antwortete sie kurz.

»Wir fahren gerade in die Stadt, der Roland und ich, aber wir kommen wieder zurück. Wenn ich wüsste, dass du mir keinen Korb gibst, würde ich dich zum Abend ins Landhaus einladen. Wir halten dort eine kleine Feier.«

»Nein, danke, ich habe keine Lust. Bist du überhaupt berechtigt, Leute dorthin einzuladen? Ich denke, das Landhaus gehört dem Herrn Ammon«, sagte sie nicht ohne Nachdruck.

»Nun, was dem Vater gehört, ist dem Sohn nicht vorenthalten. Und der Roland ist mein Freund. Darum steht mir das Recht zu, dich einzuladen. Du brauchst nicht zu befürchten, dass der alte Ammon kommen könnte; der ist zur Zeit verreist und hat den Rückflug erst für Ende nächster Woche gebucht.«

»Das heißt also: Wenn die Katze aus dem Haus ist, tanzen die Mäuse«, spottete sie.

Er grinste. »So ähnlich.«

»Nein, Simon, ich habe noch vom letzten Mal genug! Ich bleibe lieber daheim.«

»Was hat dich denn gar so abgeschreckt?«

»Es ist besser, wenn du nicht danach fragst. Ich habe mir vorgenommen, es zu vergessen. Ich wünsche euch jetzt also recht viel Vergnügen für den Abend!«

Sie ließ ihn stehen und ging weiter.

»Danke!«, rief er ihr nach. »Aber wir treffen doch noch einmal zusammen!«

»Das müsste schon sehr dumm zugehen!«, antwortete sie.

Er lachte verlegen, dann stieg er wieder zu seinem Gefährten ins Auto ein. »So eine spröde Henne!«, knurrte er. »Was die sich wohl einbildet, wer sie ist! Dabei ist ihr Vater bloß ein lausiger Bahnwärter, der verhungern müsste, wenn er nicht nebenbei Stallhasen züchten würde!«

»Aber ein flotter Käfer ist sie, das muss man ihr lassen!«, meinte der Freund. »Ich fürchte, du hast es ganz falsch bei ihr angefangen und bist zu stürmisch vorgegangen. Es sind nicht alle Mädchen gleich!«

»Wenn sie es nicht ist, dann ist es eben eine andere!«, erwiderte Simon gleichgültig. »Fahr zu, Roland!«

Beim Mittagessen, das der Thalrainer heute am Kirchweihtag am gleichen Tisch mit den Dienstboten einnahm, fehlte Simon. Wenn auch kein Wort darüber verloren wurde – wer hätte es auch wagen wollen, Tun und Lassen des jüngeren Sohnes des Hauses zu rügen –, sah man dem alten Bauern doch an, wie sehr er sich über die Rücksichtslosigkeit seines Lieblingssohnes allmählich ärgerte.

Die Mahlzeit verlief schweigsamer als sonst.

Trotzdem – das Essen war gut und reichlich, man stopfte sich davon gern den Magen voll, trank dazu einen Krug Doppelbock und darauf auch noch ein Seidel süffigen Rotwein, bevor man sich erhob, um sich noch ein Stündchen aufs Ohr zu legen, damit man beim Kirchweihtanz im Dorfwirtshaus wieder in Form war.

Thalrainer rief den Peter noch zu sich in die Stube. »Wo bleibt er heute?«, fragte er, voraussetzend, dass Peter wusste, wer damit gemeint war.

»Keine Ahnung. Ich habe angenommen, dass er wenigstens dich davon unterrichtet hätte. Meinetwegen kann er jetzt heimkommen, wann und wie er will.«

»Das ist eine sehr bequeme Einstellung von dir!«, knurrte der Alte.

»Bis heute hat dir wenig daran gelegen, dass ich auf ihn aufpasse. Im Gegenteil, ich durfte es mir gar nicht erlauben. Jetzt scheinst du langsam zu erkennen, wohin er schlittert. Oder ist es nicht so?«

Der Bauer wanderte mit schweren Schritten, die Hände auf dem Rücken, in der großen Stube hin und her.

»Ich weiß nicht, was in den Kerl plötzlich gefahren ist!«, begann er dann mit sich selbst redend. »Daran kann nur die Militärzeit schuld sein! Da kommt allerhand zusammen und ein junger Mensch ist gleich verdorben wie ein gesunder Apfel, der von einem faulen angesteckt wird!«

»Da muss ich dir widersprechen, Vater«, meldete sich Peter wieder. »Die Kaserne ist keine Strafanstalt, in der sich alle Ganoven treffen! Du darfst jetzt nicht die Schuld bei anderen suchen! Schon bevor er eingerückt ist, war er ein Tagedieb und Taugenichts. Du hast es bloß nicht gesehen oder wolltest es nicht sehen!«

»Ich weiß, das ist dein Vorwurf, aber er ist falsch!«, entgegnete der Alte und blieb vor dem Sohn stehen. »Wenn er ein Taugenichts wäre, hätte man ihn bei den Soldaten gar nicht brauchen können! Ich habe nie eine Klage oder Beschwerde gehört! Darum sollst du nicht immer so dumm daherreden! Dass ich mir von dir auch noch Vorwürfe über Erziehungsfehler machen lassen muss, so weit soll es auch noch kommen!«

Er wurde immer lauter und sein Kopf lief rot an.

Peter schwieg, hielt aber seinem Blick stand.

»Ich weiß, was du sagen willst: Ich hätte ihm zu viel nachgesehen, ihm zu viel Geld in die Hand gegeben, ihn zu wenig zur Arbeit angehalten! Ja, ja, ja! Es ist wahr! Aber er ist kein Verbrecher geworden!«

»Wenn einer im Streit das Messer zieht, in der Absicht, einen anderen zu töten, der ist ein Verbrecher, Vater!«, ging nun auch der Peter auf.

»Man tut im Rausch viel und spricht Drohungen aus und meint es nicht so! Daran sollst du auch denken. Ja, ich habe eine gewisse Schuld, weil ich ihm immer zu viel Geld gegeben habe. Aber jetzt ist es damit vorbei. Ich werde ihn so knapp halten, dass ihm die Sauferei vergeht!«

»Dann macht er eben Schulden, und wenn es sein muss, auf deinen Namen!«

»Genug jetzt! Ich weiß, du lässt kein gutes Haar

an ihm. Beide seid ihr eifersüchtig aufeinander, jeder meint, der andere nimmt ihm den Hof weg. Das ist alles! Aber ich stelle den Frieden her, darauf kannst du dich verlassen, und müsste ich eure Köpfe so lange gegeneinander schlagen, bis ihr vernünftig werdet! Ich verlange von dir, dass du den Anfang machst. Du bist der Ältere und hoffentlich auch der Vernünftigere. Du wirst mit ihm wieder in der gleichen Kammer schlafen. Verstanden?«

Peter schüttelte den Kopf. »Nein, Vater, das werde ich nicht tun. Ich bin bestimmt kein Feigling und ich kann mich wehren, wenn ich angegriffen werde. Aber wenn dir einer im Schlaf das Beil über den Schädel zieht oder das Messer in die Rippen stößt, das kann ich nicht verhindern. Ich kann mich nur vorsehen, indem ich in meiner eigenen Kammer schlafe, wo ich die Tür verschließe. Sie müsste mit Gewalt geöffnet werden und das höre ich dann schon.«

Der Alte blieb wieder dicht vor ihm stehen und starrte ihn mit glasigen Augen an. »Du wirst doch nicht im Ernst glauben, dass dein Bruder dir ans Leben will?«

»Jawohl, das glaube ich. Es tut mir Leid, Vater, dass ich das sagen muss.«

»Du bist wahnsinnig!«

»Nein, nur vorsichtig. Obwohl es mir nie sehr gut gegangen ist, lebe ich dennoch gern. Wenn du es erlaubst, möchte ich jetzt gehen; ich möchte beim Sennhofer einen Besuch machen. Vielleicht hat die Bine Lust, irgendwohin zum Kirchweihtanz zu gehen.«

Der Alte nickte, rief ihn aber noch einmal zurück, als er sich der Tür näherte. »Wann kommst du heim?«

»Das lässt sich schwer sagen. Aber die Leute wissen, dass ich fortfahre, und kümmern sich um die Stallarbeit.«

Der Alte war zufrieden. »Fährst du mit dem Motorrad?«

»Ja.«

»Dann gib Acht, ich fürchte, dass es in der Nacht wieder einen starken Nebel gibt.«

»Ich finde den Weg blind, Vater.«

»Sage viele Grüße beim Sennhofer!«

»Ich werde es ausrichten.«

Der Alte drückte noch herum. »Kennst du den Sohn vom Architekten?«

»Bloß vom Sehen. Warum?«

»Ob der Simon wohl mit ihm weggefahren ist?«

»Leicht möglich.«

»Die beiden stecken mir zu viel beisammen«, überlegte der Alte. »Es ist ja recht und schön, so eine Freundschaft, aber ich kenne den jungen Ammon nicht und meine, dass der Alte ihm ein bisschen viel Luft lässt, sonst würde er ihm nicht so oft seinen Wagen und das Landhaus zur Verfügung stellen.«

»So? Tut er das?«

»Ich hab's gehört.«

»Dann wäre es vielleicht gar nicht so dumm, wenn man einmal überraschend dorthin käme. Dann müsste man ja sehen, was sie treiben.«

Der Alte winkte ab. »Das überlasse nur mir. Ich

werde zuerst einmal mit dem Alten sprechen, wenn er mir wieder begegnet. Es ist mir bloß gerade durch den Kopf gergagen. So – fahr jetzt zu! Ich lass schön grüßen!«

»Behüt dich Gott, Vater!«

Der Bauer durchwanderte noch gedankenvoll die Stube, als das Motorrad seines Sohnes zum Hof hinausratterte.

Wie erwartet, fiel bald nach Sonnenuntergang wieder Nebel ein. Als der letzte Abendexpress durchfuhr, lag er bereits so dicht, dass man die Lichter erst sah, als der Zug schon ganz nahe war. Ebenso rasch verloren sich die roten Schlussleuchten, schon lange bevor der Zug in den Tunnel einfuhr.

Der Streckenwärter öffnete die Schranken, zog das Läutwerk auf und löschte alle Lichter bis auf die Lampe am Bahnübergang, die heute aber kaum zu sehen war, weil der Nebel so dicht war.

Wieder einmal war das Tagwerk getan und der Bahnwärter ging ins Haus und verriegelte die Tür.

Gina hatte geheizt, so dass es im Stübchen behaglich warm war. Sie setzten sich zum Abendessen hin und darauf gaben sie sich der feierabendlichen Ruhe hin. Rommig setzte sich in den Sessel in der Ecke und rauchte seine Pfeife. Gina hatte am Morgen eine Zeitung vom Dorf mitgebracht, aus der sie nun alles, was von Interesse war, vorlas. Dazwischen sprachen sie dann eine Weile über die Ereignisse und so verging die Zeit.

Kein Laut drang von draußen her an das Haus. Der dichte Nebel erstickte alle Geräusche, nur im

Haus selbst gab es manchmal ein leises Knistern und Knacken. Das kam von der Feuchtigkeit, die durch das Dach eindrang, vielleicht auch von dem Temperatursturz vom sonnigen Tag zur nebelkalten Nacht.

»Du kommst nicht einmal zu einem Kirchweihtanz!«, bedauerte er.

»Das hätte ich haben können, wenn ich das gewollt hätte«, antwortete sie und erzählte ihm, dass der Simon sie heute ins Landhaus des Architekten einladen wollte.

»Wie kommt der Simon in das Landhaus des Architekten?«, wunderte er sich.

»Er ist befreundet mit dem Sohn. Ich glaube, sie waren beim Militär beisammen. Der Herr Ammon ist zur Zeit verreist und deshalb nutzt der Sohn die Gelegenheit dazu, im Landhaus eine kleine Gesellschaft zu versammeln. Wahrscheinlich wird getanzt und wohl auch getrunken.«

»Warum bist du denn nicht hingegangen? Du weißt, ich hätte nichts dagegen gehabt, im Gegenteil, es hätte mich gefreut, wenn du auch einmal unter jungen Leuten gewesen wärst!«

»Ich bin überzeugt, dass Herr Ammon von dieser Einladung gar nichts weiß, er hätte wohl auch keine Erlaubnis dazu gegeben. Außerdem habe ich auch keine Lust dazu. Ich traue dem Simon nicht; man kann nie sagen, was er im Schild führt.«

Rommig schaute auf. »Ach so! Jetzt verstehe ich, warum du nicht mehr zum Thalrainerhof hinübergehen magst und mich zum Milchholen schickst. Ist er etwa hinter dir her?«

»Das will ich nicht gerade sagen, vielmehr glaube ich dass er hinter mehreren her ist. Jedenfalls ist es mir lieber, wenn ich ihm nicht begegne.«

»Vielleicht hast du Recht«, gab er zu und schaute eine Weile nachdenklich vor sich hin. »Wenn ich recht sehe, muss im Thalrainerhof gerade Kriegsstimmung herrschen«, fuhr er dann fort. »Den Alten habe ich freilich nie anders getroffen als mürrisch und wortkarg. Das mag von der Einsamkeit kommen; da wird ein Mensch oft sonderbar. Trotzdem meine ich, dass er jetzt noch grimmiger dreinschaut. Er geht herum wie ein schlagendes Wetter. Wahrscheinlich hat es zwischen seinen Söhnen etwas gegeben; sie haben sich ja nie gut vertragen und es ist auch kein Wunder. Der Peter muss arbeiten wie ein Pferd, während der andere faulenzt und den großen Herrn spielt. Er kann sich's leisten, weil er immer schon der Liebling des Vaters war. Wehe, wenn man etwas Unschönes über ihn gesagt hätte!«

»Das habe ich auch schon gemerkt«, bestätigte Gina. »Aber der Peter ist doch der viel Wertvollere, Vater! Das muss doch auch der Thalrainer erkennen!«

»Man sollte es glauben, aber der Alte ist blind und hat an seinem Jüngeren einen Narren gefressen. Man hat sogar schon davon gesprochen, dass er den Hof nicht dem Peter, sondern dem Simon übergeben wird.«

Da wurde Gina zornig. »Das wäre ungerecht!«, rief sie. »Schon deshalb, weil gerade der Peter die ganze Arbeit tut. Und wie er sich abrackern muss!«

»Undank ist der Welt Lohn!«, erwiderte Rommig. »Nun, vielleicht ändert der Alte noch seinen Plan, weil der Peter jetzt mit der Sonnhofertochter geht. Sie kommt von einem großen Hof und bringt wahrscheinlich eine schöne Mitgift mit. Das will sich der alte Geizkragen nicht entgehen lassen.«

»Woher weißt du das?«, fragte sie aufblickend.

»Vom Alten selbst. Er scheint Feuer und Flamme für diese Schwiegertochter zu sein. Hoffentlich versteht der Peter, es sich zunutze zu machen!«

Gina wandte sich ihrer Stickarbeit zu und der Streckenwärter nickte in seinem Sessel ein. Er saß zu nahe am warmen Ofen und war schläfrig geworden.

Später ging sie zum Fenster und versuchte hinauszuschauen, aber der Nebel lag so dicht vor dem Haus, dass überhaupt nichts zu sehen war.

»Brennt denn heut gar kein Licht am Übergang?«, fragte sie.

Er öffnete die Augen und musste sich erst auf ihre Worte besinnen. »Doch! Freilich muss es brennen!«, sagte er dann.

»Aber es ist alles dunkel! Ob die Birne kaputt ist?«

»Als ich hereingegangen bin, hat sie noch gebrannt.« Er stand auf. »Ich schau einmal nach.«

Sie ging mit ihm hinaus. Die Lampe brannte, aber sie vermochte kaum den Nebel zu durchdringen, darum konnte man sie vom Fenster aus nicht sehen.

»Na also! Wer hat Recht?«, lächelte er.

»Ein solcher Nebel!«, sagte sie und floh fröstelnd ins Haus zurück.

Peter war nicht wenig verwundert, als er vom Sennhofer hörte, dass die Bine bereits auf dem Weg zu ihm sei. Vor einer Weile habe ein Auto vor dem Haus gehalten mit einigen jungen Leuten, darunter auch sein Bruder, der Simon. Er habe bei ihnen einen kurzen Besuch gemacht und der Bine vorgeschlagen, gleich mit ihnen ins Zedertal zu fahren, weil sich gerade so schön die Gelegenheit dazu böte.

Die Bine habe freilich zunächst gemeint, Peter könnte vielleicht schon auf dem Weg sein, so dass sie sich verfehlen würden, aber der Simon habe versichert, dass es noch eine Weile dauern würde, bis sein Bruder von daheim wegkäme. Sie träfe ihn bestimmt noch daheim an.

Und so sei die Bine ins Auto eingestiegen und mit der Gesellschaft losgefahren.

Ob er wisse, um wessen Auto es sich gehandelt habe, fragte Peter.

»Um einen fast neuen Wagen«, antwortete der Sennhofer. »Wenn ich recht gehört habe, wurde er vom Sohn eines Architekten gefahren.«

Peter war im Bild. »Wer saß denn in dem Auto?«

Darauf hatte der Sennhofer nicht genau geachtet. »Es müssen etwa vier bis fünf junge Leute gewesen sein, ein paar Burschen und Mädchen. Angeblich kamen sie gerade aus der Stadt.«

Peter spürte ein Würgen im Hals. Er griff an seinen Hemdkragen und zerrte daran. »Dann wird es das Beste sein, wenn ich gleich zurückfahre«, sagte er.

Das meinte auch der Sennhofer.

Der junge Thalrainer fuhr also zunächst heim.

Sein Vater starrte ihn verdutzt an, als er zu ihm in die Stube kam.

»Was ist denn mit dir los?«, fragte er. »Haben sie dich davongejagt?«

»Ist die Bine nicht bei dir, Vater?«

»Wie sollte sie hier bei mir sein, wenn sie daheim auf dich wartet?«, grinste der Alte.

»Sie hat eben nicht gewartet, sondern ist im Auto hergefahren.«

»In welchem Auto?«

Peter erzählte, was der Sennhofer ihm berichtet hatte.

»Was hat der Simon im Sennhof zu suchen?«, knurrte der Alte.

»Das frage ich mich auch.«

Sie schauten sich eine Weile schweigend an.

»Es ist niemand gekommen«, erklärte dann der Alte. »Wohin sind sie wohl gefahren?«

»Das ist nicht so schwer zu erraten, Vater. Sie können nirgends anders sein als droben im Landhaus Ammons. Es ist, wie ich längst vermutet habe: Wenn der alte Ammon nicht da ist, dient das Landhaus seinem Sohn und dessen Kumpels als Unterschlupf! Dazu gehört auch der Simon. Was dort getan und getrieben wird, lässt sich unschwer erraten. Wo können sie ungestörter schwelgen und sich austoben als da droben im versteckten Landhaus? Vielleicht errätst du jetzt auch, wozu der Simon so viel Geld braucht!«

Der Alte starrte ihn mit versteinertem Gesicht an, man merkte, wie es in ihm arbeitete.

»Es geht mich nichts an, was mein Bruder treibt,

denn das ist deine Sache, Vater«, fuhr Peter fort. »Aber dass er dazu auch die Bine mitnimmt, das geht mich etwas an. Und ich werde mir Gewissheit verschaffen, und zwar auf der Stelle!«

Er lief auf die Tür zu.

»Bleib, sag ich!«, befahl der Alte. »Warten wir noch, vielleicht kommt sie jeden Augenblick. Dann werden wir ja hören, was überhaupt los ist.«

»Bin ich denn ein Hanswurst, mit dem man umspringen kann, wie man will?«, schrie Peter entrüstet.

Der Alte lachte gereizt. »Wenn die Bine dich will, hast du keinen Grund zur Eifersucht, auch wenn sie einmal mit anderen lustig ist. Und wenn sie dich nicht will, kannst du sie sowieso nicht zwingen!«

»Dann soll sie mich auch nicht zum Narren halten! In diesem Punkt bin ich empfindlich, Vater!«

»Wer sagt denn, dass sie dich zum Narren hält? Renne jetzt bloß nicht wie ein Hornvieh gegen den Zaun! Es wird sich schon herausstellen, was dahintersteckt. Ich werde einmal mit dem Ammon ein Wörtchen reden, dann wird ihnen der Unterschlupf bald versperrt sein. Und wenn er ihn nicht aushebt, dann mache es eben ich!«

Peter ging aus der Stube und hinaus vor das Haus. Er schaute die Straße entlang, die hinüber zum Bahnwärterhäuschen führte. Aber er mochte noch so angestrengt spähen, es zeigten sich keine Nebelscheinwerfer, die den grauen Schleier durchdrungen hätten, kein Auto kam, auch die Bine nicht. Wahrscheinlich gefiel es ihr in der zügellosen Gesellschaft so gut, dass sie ihn vergaß. Oder es war ihr völlig gleichgültig, ob er sie abholte oder nicht?

Sollte es so sein, dann war es allerdings gemein.

Seine Ungeduld und Unruhe wuchsen. Er ging mit immer schnelleren Schritten vor dem Haus auf und ab. Schließlich packte er sein Motorrad, schwang sich darauf und fuhr los, gleichgültig, was daraus werden sollte. Er ließ nicht mit sich spielen.

Er fuhr ein Stück die Straße entlang, die zum Dorf führte. Dann hielt er an und wendete in einem plötzlichen Entschluss um, fuhr zurück und lenkte sein Fahrzeug die Bergstraße hinauf. Bevor er das Landhaus erreichte, blieb er stehen und stellte den Motor ab. Den Rest des Weges machte er zu Fuß.

Schon von weitem hörte er lärmende Musik und johlende, lachende Stimmen. Er sah die geöffnete Terrassentür, an der hin und wieder jemand vorbeihuschte.

Um nicht gesehen zu werden, machte er einen Umweg und ging von der Seite auf das Haus zu, schwang sich auf die breite Terrasse, stellte sich unter die geöffnete Tür und schaute hinein in den großen Raum, in dem es so laut und lustig zuging. Es wurde gerade getanzt. Drei Pärchen drehten sich nach der wilden Musik eines überlaut eingestellten Plattenspielers, an dem sich gerade der Roland zu schaffen machte. Der Tisch, mit Flaschen und Gläsern voll gestellt, war in die Ecke gerückt. An Getränken wurde offenbar nicht gespart.

Eines der tanzenden Paare kam jetzt in seine Nähe, es waren Bine und Simon. Sie hielten sich eng umschlungen. Bine lachte und hatte einen roten Kopf.

Und plötzlich entdeckte sie ihn, brach sofort den Tanz ab, löste sich von ihrem Partner und kam auf ihn zu.

»Entschuldige, ich habe mich zu lange hier aufgehalten!«, sagte sie.

»Ich habe dich nur gesucht, weil dein Vater mir sagte, dass du unterwegs zu mir seist.«

»Sie ließen mir keine Ruhe, bis ich mich bereit erklärte, mit in das Landhaus zu kommen und ein bisschen zu tanzen. Nun bin ich doch etwas länger geblieben. Natürlich hätte ich wissen müssen, dass du nach mir suchst. Es tut mir Leid, Peter!«

Er winkte ab.

Da kam auch Simon heraus auf die Terrasse. Mit feindseligem Blick musterte er seinen Bruder. »Wie kommst denn du auf einmal hierher?«, fragte er unwirsch.

Peter gab ihm keine Antwort. Er schenkte ihm nicht einmal Beachtung.

»Wenn du lieber hierbleiben willst, Bine, dann geh ich wieder«, sagte er.

»Nein! Was fällt dir ein! Einen Augenblick, ich hole nur meine Jacke und meine Tasche!«

Sie kehrte in den Raum zurück. Die anderen schienen den Zwischenfall gar nicht zu bemerken.

»Schnüffler!«, fauchte Simon.

»Gib Acht, dass mir nicht die Hand ausrutscht!«, grollte Peter. »Oder willst du wieder nach dem Messer greifen? Davon rate ich dir dringend ab, denn diesmal ginge es nicht mehr ohne Krankenhaus für dich ab! Der Vater wird natürlich eine große Freude haben, wenn ich ihm sage, wo du dich herumtreibst und mit welchen Leuten du das Geld verluderst!«

»Es sind lauter anständige Leute, das lass dir gesagt sein!«

»Ja, das sehe ich!«, höhnte Peter. »Taugenichtse von Männern und billige Mädchen! Darüber brauchst du mich nicht aufzuklären. Vielleicht gehen dem Vater jetzt einmal die Augen auf!«

»Du wirst ihm nichts sagen!«, drohte Simon.

»Davon wirst du mich nicht abhalten.«

»Du wirst es bereuen!«

»Wenn ich nichts sagen würde, ja, das müsste ich bereuen.«

Bine kam zurück, drückte Simon rasch die Hand und folgte Peter über die Terrasse. Hinter ihm sprang sie über die Brüstung hinab.

Er ging sehr rasch, sie musste hinter ihm hereilen.

»Du ärgerst dich wohl sehr?«, fragte sie.

»Bloß gut, dass ich dich hier vermutet habe, sonst hätte ich die ganze Gegend nach dir absuchen müssen«, antwortete er verstimmt.

»Wenn ich nicht hier gewesen wäre, hättest du mich ja daheim bei deinem Vater gefunden. Oder zweifelst du daran?«

Er schüttelte den Kopf.

»Wohin gehen wir?«, fragte sie.

»Wohin du willst. Am liebsten wärst du wohl hiergeblieben?«

»Es war sehr lustig.«

»Das kann ich mir denken! Abe ich bin nicht eingeladen, Bine; du müsstest allein zurückkehren.«

»Ich? Wie kommst du denn darauf?«

»Nun, da es dir so gut gefallen hat? Ich weiß nicht, ob es anderswo auch so lustig zugeht.« Es klang spöttisch.

Sie standen jetzt vor dem Motorrad.

»Fahren wir ins Dorf?«, fragte sie.

»Das muss nicht sein. Wir können auch irgendwohin fahren, wo wir fremd sind. Vielleicht in die Stadt?«

»Einverstanden!«

Er setzte sich auf und sie kletterte nach. Nach einem kräftigen Tritt lief der Motor. Dann schaltete er den Gang ein und fuhr los.

Droben stand Simon und lauschte auf das sich entfernende Motorgeräusch. Nein, sie fuhren nicht zum Hof, sondern nahmen die Straße zum Dorf. Er atmete auf.

In seiner Miene spiegelten sich jetzt Rachegedanken. Eine Weile noch stand er da und überlegte. Dann schien ihm eine gute Idee gekommen zu sein, denn sein Gesicht verzog sich zu einem bösen Lächeln, als er wieder auf das Landhaus zuging.

Bevor Vater und Tochter im kleinen Bahnwärterhaus vom Zedertal an diesem Sonntagabend ins Bett gingen, hatte Gina dem Vater noch eine Weile zugeredet, doch bald um seine Versetzung nachzusuchen. Sie merkte immer deutlicher, dass die Einsamkeit ihn schwermütig machte; sie sah ihn kaum mehr froh und hörte ihn nie lachen. Wieder hatte er von spukhaften Gestalten gesprochen, die ihm droben im Tunnel begegnet seien, um dann bei seinem

Näherkommen plötzlich zu verschwinden. Sie war überzeugt, dass er nur seinen eigenen Schatten gesehen hatte, aber es beunruhigte sie, dass er sich darüber überhaupt Gedanken machte.

Sie hatte auch keinen Zweifel, dass die Direktion seinen Antrag auf baldige Versetzung berücksichtigen würde, denn sie waren nun doch schon vier Jahre hier. Man würde ohne weiteres einsehen, dass diese Einsamkeit an seinen Nerven und an seiner Gesundheit zehrte.

»Wenn du dich nicht rührst, dann sitzen wir in zehn Jahren noch hier!«, sagte sie. »Es geht nicht um mich, Vater, aber um dich!«

»Gut, warten wir das Frühjahr ab. Im Winter sollst du noch die Kastanien und Eicheln an das Wild verfüttern. Dann gehen wir!«

Sie glaubte noch nicht an die Festigkeit seines Entschlusses, denn die Jahreszeit hat den gleichen Einfluss auf den Menschen wie das Wetter. Düsterer Herbstnebel und kurze Tage, an denen kaum noch die Sonne scheint, machen genauso mutlos wie trostloses Regenwetter. Wenn der Frühling kam und alles wieder zu grünen und zu blühen begann, blieben sie doch wieder, wo sie waren, und sagten sich, dass es doch nirgends so schön sei wie im Zedertal.

Gina konnte in dieser Nacht lange nicht einschlafen. Sie lauschte in die unbeschreibliche Stille, in der man sogar jeden Tropfen hörte, der von der Nebelfeuchte vom Dach oder vom Fensterrahmen fiel. Allerlei Gedanken beschäftigten sie und so kam sie auch auf die einzigen Nachbarn, die Leute vom Thalrainerhof. Welch ein Unterschied war doch zwischen den Brüdern! Der Peter, so ein anständiger, fleißiger Mensch, der gewiss keiner Fliege etwas zuleide tun konnte, und der Simon, ein Strolch und Aufschneider, der Tag um Tag vergeudete.

Ja, der Peter tat ihr Leid. Hoffentlich bekam er eine Frau, die zu ihm hielt, auch gegen den Vater und gegen den Bruder. Sonst war er allein in diesem Kampf und vermochte ihn wohl kaum durchzustehen.

Schließlich musste Gina dann doch einmal eingeschlafen sein, denn als sie durch einen Krach aufschreckte, wusste sie nicht gleich, wo sie sich befand und woher der Krach gekommen war, der sie in die Höhe hatte fahren lassen.

Sie wollte schon annehmen, dass es nur ein böser Traum gewesen war, der sie aus dem Schlaf gerissen hatte, als ihr Vater in die Kammer stürzte.

»Es muss vor dem Haus etwas passiert sein!«, rief er. »Hast du den Krach nicht gehört?«

Er machte Licht und sie starrte ihn mit verwirrten Augen an. Er war nur schnell in die Hose geschlüpft und sah zerzaust und aufgeschreckt aus.

Sie sprang aus dem Bett und kleidete sich eilig notdürftig an.

»Es war ein Knall, als wären zwei Züge aufeinander gefahren«, sagte er. »Aber man kann nichts sehen, alles ist still und dunkel.«

»Züge?«, fragte sie. »Wo sollen denn Züge herkommen? Aber ich bin auch davon aufgewacht. Ob es auf der Straße war?«

»Vielleicht ist ein Betrunkener gegen einen Baum gefahren. Heute war doch Kirchweihtanz!«

»Wir wollen nachschauen, Vater!«

Er holte die Handlampe aus der Stube und dann gingen sie hinaus.

Sie mussten nicht weit gehen, da sahen sie schon, was geschehen war. Obwohl der Nebel so dicht war, dass der Schein der Lampe wie gegen eine Mauer fiel, stieß Gina einen Schrei des Entsetzens aus, als sie die zertrümmerte Schranke sah. Bei genauerer Betrachtung erkannte Gina, dass ein Motorrad hineingefahren war. Sofort stieg in ihr eine furchtbare Ahnung auf und dann sah sie es:

Leblos hingestreckt lag eine menschliche Gestalt auf den Schienen.

»Vater!«, schrie sie und schlug die Hände vors Gesicht.

Er eilte hinzu.

»Der Peter ist's!«, sagte sie erschüttert.

»Tot?«

»Ich weiß nicht.«

Er beugte sich zu dem Liegenden hinab, berührte ihn, drehte sein Gesicht herum und erschrak über sein Aussehen; es war voller Blut und Schmutz.

»Er lebt noch!«, flüsterte er.

Da eilte sie weg und unterm Laufen rief sie: »Ich rufe die Bahnstation an! Man soll sofort einen Arzt verständigen!«

Rommig bemühte sich jetzt, den Körper des Verletzten auf die Seite zu drehen, er legte seine Hände unter den Kopf und hörte schaudernd auf das Röcheln und Stöhnen des Bewusstlosen.

Gedanke um Gedanke durchzuckte sein Gehirn, keiner ließ sich festhalten, er kam und lief ihm wieder weg. Wie war es zu diesem Unglück gekommen? Warum war dieser Thalrainersohn um diese späte Nachtstunde noch unterwegs, wo er sonst doch jeden Abend daheim war? Da konnte im Dorf los sein, was wollte! Ausgerechnet heute, bei diesem starken Nebel, war er noch auf dem Weg! Wo kam er her? War er vielleicht betrunken, hat das Gleichgewicht verloren und ist in die Schranke hineingefahren?

Die Schranke!

Das war das Schlagwort mit allen furchtbaren Folgen. Aber die Schranken waren doch nicht geschlossen! Oder doch? Nein, das konnte doch gar nicht sein! Nachdem der Abendexpress durchgefahren war, hatte er sie aufgezogen.

Oder vielleicht nicht?

Ängstlich schielte er zur Gegenschranke hinüber, konnte aber im Nebel nichts sehen. Oder doch? Sah es nicht so aus, als sei die Schranke geschlossen?

Das war doch nicht möglich! Dennoch überkam ihn jetzt eine schreckliche Angst.

Wenn die Schranken geschlossen waren, fiel die Schuld auf ihn, den Schrankenwärter. Man würde ihn zur Verantwortung ziehen. Warum waren die Schranken geschlossen, wenn doch kein Zug mehr kam? Niemand würde ihm glauben, wenn er behauptete, dass er sie geöffnet hatte, nachdem der Zug vorbeigefahren war. Man hatte ja den Beweis, dass der Motorradfahrer in die geschlossene Schranke hineingerast war, weil er wusste, dass um diese Zeit kein Zug mehr fuhr. Im Nebel hatte er zu spät erkannt, dass die Barrieren herabgelassen waren.

Menschliches Versagen bei einem Schrankenwärter würde es heißen. Ob Vergesslichkeit oder Leichtsinn vorlag, das musste dann die Verhandlung ergeben.

Die Verhandlung! Mit Schaudern erinnerte er sich daran, dass er schon einmal vor dem Richter gestanden war und das Für und Wider von Verteidiger und Staatsanwalt über sich hatte ergehen lassen müssen.

Man würde wohl diesen neuen Fall mit dem früheren in Verbindung bringen und seine Gegner von damals würden triumphieren: Seht doch, was dieser unzuverlässige Mann sich wieder geleistet hat! Wie lange will die Bahn noch durch solche Leute die Mitmenschen einer Gefahr aussetzen?

Ihm stand der Schweiß auf der Stirn und fiel in Tropfen herab auf das Gesicht des bewusstlos Liegenden. Das Röcheln und Stöhnen brachte ihn zur Verzweiflung.

Gina kam zurück. »Man wird von der Bahnstation aus gleich alles veranlassen, den Arzt rufen, die Sanitäter und die Polizei!«, rief sie schon von weitem.

»Die Polizei?«, fragte er erschrocken.

»Natürlich. Der Unfall muss doch polizeilich untersucht werden.«

Sie beugte sich jetzt zu dem Liegenden hinab, um sich zu überzeugen, dass er noch lebte.

»Er muss schwer verletzt sein«, sagte sie.

Er nickte.

»Ob wir ihn nicht besser in die Stube schaffen?«

»Ob wir das dürfen?«, überlegte er.

»Warum nicht? Er ist ja nicht tot!«, erwiderte sie. »Wir müssen ihn versorgen, so gut wir können!«

»Und wenn er uns unter den Händen stirbt?«

Dieser Einwand war sicher berechtigt: Durch unsachgemäßen Transport konnten sie etwas verschlechtern. Sie konnten ihn sogar töten.

»Ich hole ein paar Decken!«, besann sie sich. »So dürfen wir ihn nicht länger liegen lassen!«

Sie lief noch einmal ins Haus zurück und holte ein paar wollene Decken. Vorsichtig und mühsam schoben sie eine davon dem Verletzten unter und deckten ihn mit den anderen zu. Ob es falsch war oder nicht, was sie taten, sie wussten im Augenblick nichts Besseres.

So blieben sie nun auf dem Bahnübergang bei dem Verletzten stehen, schauten ab und zu auf ihn hin und horchten auf seine röchelnden Atemzüge.

»Die Schranken!«, stöhnte Rommig.

Gina schaute ihn erschrocken an. Jetzt kam es auch ihr, dass die Schranken geschlossen waren. »Oh!«, sagte sie nur.

»Hab ich denn vergessen, sie zu öffnen?«

Gina schwieg und dachte nach. Wenn es so war, bedeutete es das Ende für den Vater. Das würde er nicht mehr überstehen.

Aber dann schüttelte sie den Kopf. »Du hast es noch nie vergessen, Vater!«

»Schau doch! Die Schranken sind geschlossen!«

Die Stille, die darauf eintrat, zerrte an ihren Nerven.

»Wir waren doch noch hier, bevor wir ins Bett gegangen sind«, sagte sie dann. »Wir haben gemeint, die Lampe am Übergang sei kaputt, weil wir kein Licht gesehen haben. Erinnerst du dich?«

»Ja, aber die Schranken sind doch geschlossen!«, erwiderte er verwirrt.

»Das wäre uns aufgefallen, als wir nach der Lampe geschaut haben. Ich verstehe das nicht!«

»Ich auch nicht, Gina. Es ist furchtbar!«

Sie ließ nicht von ihrer Überzeugung ab, dass die Schranken geöffnet waren. »Ich kann mich sogar erinnern, dass ich an ihnen hinaufgeschaut habe, weil sie im Nebel fast nicht zu sehen waren.«

»Warum sind sie dann jetzt geschlossen?«, zweifelte er.

»Jemand muss sie heruntergelassen haben!«

»Wer sollte denn das tun? Und warum?«

»Vielleicht aus Lausbuberei! Vielleicht ist ein Betrunkener vorbeigekommen, der uns einen Streich spielen wollte!«

»Ein sauberer Streich!«

»Die Folgen hat er natürlich nicht bedacht.«

Er schüttelte den Kopf. »Ich hätte das Klingelzeichen gehört, wenn einer die Schranke heruntergelassen hätte!«

»Auch im Schlaf, Vater?«, zweifelte sie.

»Ich habe noch nicht geschlafen!«

Das war freilich ein Argument, trotzdem blieb sie bei der Behauptung, dass die Schranken geöffnet waren, als sie nach dem Licht schauten. »Ich kann mich ganz genau daran erinnern.«

»Du möchtest mir nur helfen!«, sagte er. »Aber man wird es dir so wenig glauben wie mir.«

»Wie es auch sein mag, ich bleibe dabei: Die

Schranken waren nicht geschlossen, als wir ins Bett gegangen sind!«

Durch den Nebel tauchten jetzt die Scheinwerfer eines Fahrzeuges auf und gleich darauf hielt vor dem Bahnwärterhäuschen ein Auto, aus dem mehrere Männer stiegen.

»Hier!«, rief Gina und lief den Männern entgegen. Es waren zwei Beamte der Gendarmerie, der dritte war in Zivil und trug ein Handköfferchen. Gina vermutete, dass er der Arzt war.

Ohne auf die Polizisten zu achten, wandte sie sich gleich an ihn. »Er liegt auf den Schienen. Wir haben ihn warm zugedeckt, weil wir uns nicht getrauten, ihn ins Haus zu tragen.«

Der Arzt folgte ihr, beugte sich zu dem Liegenden hinab, lauschte auf die unregelmäßigen, röchelnden Atemzüge und leuchtete ihm ins Gesicht.

»Du lieber Himmel!«, sagte er. »Das schaut schlimm aus!«

Vorsichtig tastete er das Gesicht und den Körper ab, dann wandte er sich an die Polizisten. »Wir müssen ihn ins Haus schaffen; ich kann hier nichts tun.«

Die Polizisten hatten bereits die Örtlichkeit des Unfalls skizziert.

»Die Sanitäter müssen jeden Augenblick da sein«, sagte einer.

»Trotzdem, bitte, fassen Sie mit an! Es geht vielleicht um Sekunden!«, drängte der Arzt.

Während er und die Polizisten zufassten, den Bewusstlosen aufhoben und wegtrugen, eilte Gina voraus, um die Türen zu öffnen und ihnen den Weg in das Stübchen zu weisen.

Peter wurde auf das alte Kanapee gelegt und der Arzt ging sofort an die Erste-Hilfe-Leistung. Sein Gesicht wurde sehr ernst.

Gina blieb dabei, um ihm zuzureichen, wonach er verlangte. Scheu schaute sie zu, wie der Arzt die Wunden im Gesicht des Verletzten behandelte.

»Ich fürchte, dass das rechte Auge verloren ist«, sagte er, als er einen Notverband anlegte.

Gina hörte es und erschauerte.

Der Arzt kramte jetzt in seiner Tasche. »Wir müssen ihn sofort ins Krankenhaus bringen. Ich vermute, dass er einen schweren Schädelbruch erlitten hat.«

Gina stieß einen unterdrückten Ruf des Erschreckens aus.

»Kennen Sie den Verletzten?«

»Ja, er ist der ältere Sohn vom Thalrainer.«

»Kann man die Angehörigen verständigen?«

»Ja, ich gehe sofort hinüber.«

Sie wollte wegeilen, aber der Arzt rief sie zurück. »Das hat Zeit. Ich gebe ihm jetzt noch eine herzstärkende Spritze. Mehr kann ich im Augenblick nicht tun. Aber ich werde den Transport ins Krankenhaus überwachen, wenn nun die Sanitäter kommen.«

Unterdessen standen die beiden Polizisten mit dem Streckenwärter draußen und unterzogen ihn einem Verhör.

»Warum sind die Schranken noch geschlossen? Sollte ein Zug durchfahren?«

»Nein, der letzte Zug ist schon lange durch.«

»Warum sind dann die Schranken geschlossen?«

»Das weiß ich nicht.«

»Vergessen, sie zu öffnen?«

Rommig schüttelte verzweifelt den Kopf. »Ich habe es noch nie in diesen vier Jahren vergessen.«

»Warum brennt die Lampe vor dem Bahnübergang nicht?«

»Sie hat noch gebrannt, als wir am Abend ins Bett gegangen sind.«

»Wann war das?«

Der Streckenwärter nannte die Uhrzeit. »Wir haben noch nachgesehen, weil wir im Nebel das Licht nicht bemerken konnten.«

»Wir?«, fragte der Beamte.

»Meine Tochter und ich.«

»Und das Licht hat gebrannt?«

»Ja.«

»Aber dass die Schranken geschlossen waren, das haben Sie nicht gesehen?«

»Nein.«

»Sie behaupten also, dass sie offen standen?«

»Meine Tochter sagt es auch. Sie kann sich sogar gut daran erinnern.«

Rommig merkte an dem Blick des Beamten, den er seinem Kollegen zuwarf, dass ihm nicht geglaubt wurde.

In diesem Augenblick traf das Sanitätsauto ein.

Der Verletzte wurde sofort zum Wagen getragen. Der Arzt und ein Sanitäter stiegen in das Krankenabteil ein, um den Transport zu überwachen.

Der Arzt beantwortete noch einige Fragen der Polizisten. Dann wurde die Tür geschlossen und mit Blaulicht fuhr der Wagen fort, so rasch der Nebel es erlaubte.

Zurück blieben der Streckenwärter, Gina und die beiden Polizisten, die ihre Vernehmungen noch fortsetzen wollten.

Aber Gina blieb bei ihrer Behauptung, dass sie sich genau daran erinnern könne, die Schranken geöffnet gesehen zu haben. Auch die Lampe am Übergang habe gebrannt.

Sie merkte jedoch, dass man ihr keinen Glauben schenkte.

»Die Lampe kann durch den Aufprall kaputt gegangen sein«, gab der Beamte zu. »Das lässt sich nachprüfen. Aber die Schranken haben sich wohl kaum von allein geschlossen! Oder?«, fügte er spöttisch hinzu.

»Nein.«

»Wer hat sie denn herabgelassen? Vielleicht ein böser Geist?«

Gina war dem Weinen nahe. »Bitte, glauben Sie mir doch! Ich habe gesehen, dass die Schranken offen standen, als wir ins Bett gingen! Bedenken Sie doch, in welches Unglück Sie meinen Vater mit Ihrem Verdacht bringen! Er ist unschuldig! Ich schwöre es!«

»Mein liebes Fräulein, wir sind Polizeibeamte und haben uns an die Tatsachen zu halten. Und die Tatsache ist nun einmal, dass die Schranken geschlossen waren. Der Verletzte hat das im Nebel zu spät entdeckt. Wahrscheinlich hatte er ein schnelles Tempo drauf, konnte nicht mehr bremsen und fuhr auf die Schranke auf, dass es ihn bis in die Gleise hineinschleuderte. Die Wucht des Aufpralls lässt sich ja an dem Motorrad ermessen, das völlig demoliert ist. Auch die Schranke ist zertrümmert. Natürlich, er wusste, dass um diese Zeit kein Zug mehr durchkommt und dass die Schranken offen stehen. Darum konnte das Unglück geschehen. Das sind die Tatsachen, an die wir uns zu halten haben. Ihr Vater hat eben vergessen, die Schranken zu öffnen, nachdem der Abendexpress durchgefahren war.«

»Nein!«, rief Gina verzweifelt.

»Wenn ich Ihnen das glauben soll, dann müssen Sie mir erklären, warum die Schranken trotzdem geschlossen waren, als der Bauer den Bahnübergang passierte. Können Sie das?«

Gina schüttelte den Kopf. Dafür hatte sie keine Erklärung.

»Dann haben wir vorläufig hier nichts mehr zu tun, aber Sie hören bald wieder von uns.«

Er wandte sich an seinen Kollegen. »Sollen wir die Leute vom Thalrainerhof gleich jetzt verständigen? Oder sprechen wir zuerst noch mit dem Krankenhaus? Wahrscheinlich wollen sie gleich Näheres erfahren.«

Der andere Polizist nickte. »Ich schlage vor, dass wir zuerst den Bescheid vom Krankenhaus einholen.«

Die beiden Uniformierten hoben grüßend die Hand an ihre Mütze und gingen zu ihrem Wagen.

Rommig ließ den Lichtstrahl seiner Handlampe auf die zerbrochene Schranke fallen. Daneben lag das zertrümmerte Motorrad, das zur Seite geräumt worden war.

»Nun ist es wohl vorbei mit Zedertal«, murmelte er. »Man wird mich vor Gericht stellen und schuldig sprechen wegen fahrlässiger schwerer Körperverletzung, vielleicht mit Todesfolge. Gina, glaubst du, dass er stirbt?«

Sie wusste nicht, was sie darauf antworten sollte.

»Was sagte denn der Doktor? Du warst doch mit ihm beisammen!«

»Er sagte, dass er wahrscheinlich einen schweren Schädelbruch erlitten habe, darum ließ er ihn gleich ins Krankenhaus bringen. Und –« Sie brach ab.

»Und?«, forderte er sie zum Weitersprechen auf. »Was ist noch?«

»Er meint, das rechte Auge könnte verloren sein.«

Der Streckenwärter stöhnte. Er zitterte jetzt am ganzen Körper vor Aufregung und wegen der Kälte.

Sie merkte es und nahm seinen Arm. »Komm jetzt herein! Du erkältest dich sonst noch!«

Willenlos ließ er sich ins Haus führen.

Im Stübchen roch es noch nach den Desinfektionsmitteln. Rommig ließ sich in seinen Stuhl fallen und wischte sich über die Stirn, als könnte er dadurch die Angst verscheuchen.

Gina zog sich wärmer an und schlüpfte in ihre Schuhe.

»Was ist denn?«, frage er. »Wo willst du hin?«

»Ich geh zum Thalrainerhof und melde dort den Unfall«, antwortete sie entschlossen.

»Warum du? Lass das mich machen!«

»Nein, du bist zu aufgeregt, Vater!«

»Es ist Sache der Polizei, die Leute zu verständigen!«

»Die Polizei will erst noch Rückfragen mit dem

Krankenhaus klären. Ich muss vorher mit dem Bauern sprechen.«

»Was hat es für einen Sinn? Er wird seinen ganzen Zorn an dir auslassen, wenn er sich vom ersten Schock erholt hat.«

»Soll er! Ich werde ihm sagen, dass du unschuldig bist! Auch wenn er es so wenig verstehen kann wie wir und die Gendarmen, ich muss ihm sagen, dass dich keine Schuld trifft!«

»Er wird dir dasselbe antworten wie die Gendarmen, nämlich, dass die Schranken sich nicht von selbst schließen!«

»Ich weiß, dass sie geöffnet waren, als wir ins Bett gegangen sind! Erinnere dich, Vater! Du musst doch wissen, dass du, nachdem der Zug vorbeigefahren war, die Schranken aufgezogen hast!«

»Ich weiß es nicht! Ich erinnere mich nicht! Das kommt davon, weil man täglich die gleiche Arbeit macht, es geht alles nur noch mechanisch. Bringt man aber einmal einen Fehler hinein, dann ist das Unglück geschehen und nichts kann mehr gutgemacht werden! Nichts!«

»Aber ich erinnere mich, dass die Schranken offen standen!«

»Du täuschst dich nicht?«

»Nein! Nein! Nein! – Geh ins Bett, Vater, wenn es zu lange dauern sollte, bis ich zurück bin. Es wird kalt in der Stube!«

Bevor er antworten konnte, war sie schon zur Tür hinaus. Er lief ihr nach, wollte sie zurückrufen, aber es war nichts mehr von ihr zu sehen. Der starke Nebel erstickte sogar den Laut ihrer Schritte.

Er fror nun wirklich, ging aber nicht ins Bett, sondern heizte den Ofen ein.

Wie hätte er sich in seiner Verfassung ins Bett legen können?

Gina folgte der Straße, die nur noch an ihrem Rand zu erkennen war. Der Nebel deckte alles zu.

Da fiel ihr ein, dass die Thalrainers in der Nacht den Hund frei laufen ließen. Aber er kannte sie; sie hatte ihn schon öfter gestreichelt, wenn sie Milch oder andere Dinge vom Hof holte. Sie wusste nicht, wie weit sie noch von dem Gehöft entfernt war. Der Nachtnebel umgab sie rundum wie ein graues, trübes Meer. Er netzte feucht und kalt ihre Lider. Nur dem Gefühl nach glaubte sie, in der Nähe des Hauses zu sein.

Da bekam sie Angst vor dem großen Hund. Sie wusste nicht einmal, von welcher Seite er sie anfallen könnte.

In dieser Angst rief sie ein paar Mal seinen Namen, sie sprach dieselben Worte, die sie immer zu ihm gesagt hatte, wenn sie ihn streichelte.

Sie erschrak zutiefst, als er plötzlich neben ihr auftauchte. Aber sie sah, dass er mit dem Schwanz wedelte. Das war ein Zeichen der Freundschaft. Er ließ sich sogar streicheln und hörte auf ihre Worte. Er begleitete sie, als sie jetzt auf das Haus zuging und nach der Tür suchte. Alle Fenster waren dunkel, nirgends schimmerte ein Licht.

Natürlich lag alles längst im Schlaf, bis auf den Simon, der bestimmt noch irgendwo den Kirchweihtag ausklingen ließ. Vielleicht gar droben im Landhaus Ammons?

Der Hund schaute sie verwundert an, als sie heftig gegen die verschlossene Tür trommelte. Es dauerte lange und sie wollte schon aufgeben, da hörte sie, wie ein Fenster geöffnet wurde.

»Was ist denn los?«, fragte eine mürrische Stimme.

Gina erkannte den Bauern.

»Ich bin's, die Gina!«, antwortete sie. »Bitte, machen Sie auf; es ist ein Unglück geschehen!«

»Ein Unglück?«, wiederholte der Thalrainer. »Warte, ich lass dich rein!«

Das Fenster wurde zugemacht, gleich darauf leuchtete ein Licht auf. Eine Weile blieb alles still, der Hund schlich sich wieder davon.

Dann näherten sich schlürfende Schritte der Tür, der Riegel wurde zurückgeschoben. Gina stand vor dem Bauern.

»Komm herein!«, sagte er, schloss hinter ihr die Tür und führte sie in die Bauernstube. Er machte Licht und ging zum Tisch.

Gina blieb in der Nähe der Tür stehen.

»Jetzt rede! Was ist passiert?«

»Der Peter ist am Bahnübergang in die Schranke gerast.«

Er schaute auf. Die buschigen Brauen wölbten sich über den grauen Augen. »Der Peter?«, wiederholte er. »Schlimm?«

Sie nickte. »Wir hörten den Krach, liefen hinaus und fanden ihn auf den Schienen.«

Erregt zuckten die Brauen. »Tot?«

»Nein. Wir haben über die Bahnstation den Arzt gerufen, er kam auch bald und leistete erste Hilfe.

Aber er musste ihn unverzüglich ins Krankenhaus einliefern. Er vermutet einen schweren Schädelbruch.«

Eine Weile schaute der Bauer sie mit weit aufgerissenen Augen an. »War er bewusstlos?«

Gina nickte.

»Ist er im Nebel von der Straße abgekommen?«

»Er ist direkt in die Schranke hineingefahren.«

»Eben! Drum mein ich ja, ob er von der Straße abgekommen ist. Wie kann er denn sonst gegen die Schranke fahren?«

»Die Schranken waren geschlossen.«

Abermals zog er seine Brauen herauf. »Geschlossen? Warum?«

»Niemand weiß es.«

»Aha! Hat dein Vater vergessen, sie zu öffnen?«

»Nein!«, rief sie, als hätte sie sich gegen eine Anklage zu verteidigen.

Er stützte die schweren Hände an der Stuhllehne auf und starrte sie schweigend an.

Nun brach sie in Tränen aus und erzählte ihm, wie vorhin den Polizisten, dass sie der Meinung gewesen seien, die Lampe brenne nicht, und dass sie deshalb noch einmal hinausgegangen seien.

»Da habe ich gesehen, dass die Schranken offen standen! Ich schwöre es bei allem, was mir lieb und teuer ist!«

»Hm«, brummte er. »Warum waren sie aber geschlossen?«

»Das verstehen wir alle nicht!«

»Ist dein Vater ein Schlafwandler, dass er aufgestanden ist und die Schranken heruntergelassen hat, ohne dass er etwas davon weiß?«

»Nein, das hätte ich gehört!«

»Sonderbar! In welchem Krankenhaus liegt er?«

»Im Kreiskrankenhaus.«

»Hat man die Polizei verständigt?«

»Die war schon da und hat den Unfall aufgenommen.«

»Warum hat die Polizei es dir überlassen, mich zu verständigen?«

»Es hat mich niemand geschickt, ich bin von selbst gekommen. Die Polizei will zuvor noch mit dem Krankenhaus telefonieren, um zu erfahren, wie es Peter geht. Sie kann jeden Augenblick zu Ihnen kommen.«

Er musste erst über ihre Worte nachdenken. »Das verstehe ich nicht«, brummte er dann.

»Wir verstehen es auch nicht! Mein Vater ist unschuldig! Das wollte ich Ihnen sagen. Bitte, Thalrainer, glauben Sie mir doch! Ich habe selbst gesehen, dass die Schranken geöffnet waren!«

Sie brach in Tränen aus. »Bitte, helfen Sie uns!«

»Ich? – Was kann ich tun? Vielleicht bringt mir die Polizei die Nachricht, dass mein Sohn gestorben ist«, erwiderte er rau. »Man wird vielleicht sagen, dass er zu schnell gefahren sei bei diesem Nebel, man wird vermuten, dass er betrunken war! Das Unglück ist geschehen und tragen muss ich es! Die geschlossene Schranke ist mir zum größeren Verhängnis geworden als deinem Vater. Man wird vielleicht herausfinden, wieso die Schranken geschlossen waren und auch, wer sie geschlossen hat. Trifft deinen Vater eine Schuld, wird man ihn zur Verantwortung ziehen. Aber ich selbst habe nichts davon, wenn man ihn einsperrt! Meinen Sohn bekomme ich dadurch nicht zurück.«

Er ging an ihr vorbei zur Tür, öffnete sie und rief mit erschreckend lauter Stimme nach Simon.

Aber er bekam keine Antwort.

»Warte«, sagte er zu dem Mädchen und ging hinaus.

Gina hörte seine Schritte auf der knarrenden Stiege, hörte ihn noch einmal nach Simon rufen.

Dann war es lange still.

Gina schaute sich scheu und ängstlich in der Stube um. Sie spürte, auch von hier bekamen sie keine Hilfe.

Abermals hörte sie Schritte auf der Stiege.

Der Bauer kam zurück, hinter ihm betrat Simon die Stube. Er blieb vor Gina stehen und starrte sie verwirrt an. »Ist es wahr, Gina?«, fragte er verstört. »Der Peter?«

Sie nickte.

»Aber er lebt noch?«

»Er hat noch gelebt, als sie ihn weggebracht haben, ich hoffe, dass er am Leben bleibt.«

Man sah ihm an, dass er aus dem tiefsten Schlaf geholt worden war. Das zerzauste Haar, die unsteten Augen, die verzerrten Mundwinkel ließen sein Gesicht grob und brutal erscheinen. Gina kam der Gedanke, dass er das Ebenbild seines Vater sei. Vielleicht war er deshalb zu seinem Lieblingssohn geworden.

Er schaute jetzt seinem Vater nach, der mit müdem Schritt rastlos hin und her ging. »Kann ich etwas tun?«, fragte er.

Der Alte kam näher, blieb vor ihm stehen, blähte die Nasenflügel und schnupperte wie ein spursuchender Hund. »Bist du betrunken?«, fragte er.

»Wieso?«

»Du ziehst eine wackere Fahne nach!«

»Ich? Ich liege schon seit Stunden im Bett, Vater!«, verteidigte er sich.

Gina überkam ein Frösteln in dieser kalten, gefühllosen Atmosphäre. Sie breitete das Tuch über den Kopf und band es unter dem Kinn fest. »Kann ich jetzt gehen?«, fragte sie.

Der Alte schaute sie an. »Natürlich kannst du das«, sagte er. »Es ist jetzt schon, wie es ist, und wir werden nichts daran ändern können. Sag deinem Vater, dass ich keinerlei Forderungen an ihn stelle, wenn du deswegen gekommen sein solltest.«

Im Gesicht Ginas stand Entsetzen. »Nein, deswegen bin ich nicht gekommen!«, rief sie.

»Weswegen sonst?«

»Dass wenigstens ein Mensch glauben soll, was ich sage, nämlich, dass meinen Vater keine Schuld trifft! Er hat weder fahrlässig noch aus Vergesslichkeit die Schranken geschlossen gehalten! Ich schwöre es bei allem, was mir heilig ist!«

Der Alte winkte ab. »Das kannst du vor Gericht tun, wenn es zu einer Anzeige kommen sollte.«

Es war zum Verzweifeln! Gina schaute dem wuchtigen Mann nach, als er wieder durch die Stube wanderte und dann in der düsteren Ecke abgewandt stehen blieb. »Wenn es kein unsinniger Aberglaube wäre, würde ich sagen, dass es der Fluch ist –«

Er brach plötzlich ab, wandte sich um und schaute das Mädchen mit verstörtem Blick an. »Geh nur heim!«, sagte er. »Ich glaube dir, dass dein Vater unschuldig ist.«

Gina zögerte und richtete ihren ängstlichen und verzweifelten Blick auf ihn.

»Es ist so, wie ich sage!«, fuhr er fort. »Ich glaube dir, denn du kannst nicht lügen. Der Lügner ist feig und das bist du beileibe nicht. Ich werde euch nicht vergessen, was ihr an Peter getan habt, um ihn zu retten. Sollte es Gottes Wille sein, dass er mir genommen wird, muss ich es auf mich nehmen. Bald trifft das Unglück diesen, bald jenen. Ob es das Leid ist oder der Verlust, es ist doch immer nur die Vergeltung, die über die Menschen kommt und niemals aufhört.«

Beide, sowohl Gina als auch Simon, schauten ihn verständnislos an, schon deshalb, weil er mit völlig veränderter Stimme gesprochen hatte, so fremd, so leidenschaftslos, so geheimnisvoll.

Er wandte sich an seinen Sohn: »Bring sie heim, damit sie sich im Nebel nicht verläuft! Komm aber bald zurück, falls die Polizei kommt und auch mit dir sprechen will!«

»Dank schön, Thalrainer!«, sagte Gina leise und erschüttert.

»Ist schon gut!« Er hob die Hand wie zum Gruß.

Gina ging und Simon folgte ihr.

Aus dem Nebel kam der Hund auf sie zu und

verschwand wieder. Aber er tauchte später erneut auf und begleitete sie.

Simon beachtete das nicht.

»Ich kann mir das alles nicht erklären«, sagte er in das Schweigen.

»Ich auch nicht«, antwortete sie.

»Du kannst also beschwören, dass dein Vater die Schranken aufgezogen hat, nachdem der letzte Abendzug durchgefahren war?«

»Ja. Je länger ich darüber nachdenke, desto klarer kann ich mich daran erinnern.«

Sie erzählte nun auch ihm die Geschichte von der Lampe, nach der sie noch vor dem Bettgehen geschaut hatten, weil im Nebel nichts davon zu sehen war.

»Das ist doch seltsam!«, gab er zu. »Wie erklärst du dir das?«

»Wenn es bei uns nicht so einsam wäre, so dass man damit rechnen könnte, es kämen Leute auf der Straße vorbei, würde ich sagen, dass sich jemand einen üblen Scherz erlaubt und aus Unfug die Schranken geschlossen hat.«

»Das ist unmöglich, Gina! Er hätte doch an die Folgen denken müssen!«, wandte er ein.

»Von Betrunkenen kann man das nicht erwarten. Heute war doch Kirchweihtanz und da gibt es Betrunkene genug, die in ihrem Übermut gern etwas anstellen!«

»Aber bei diesem Nebel kommt doch keiner auf einen solchen Gedanken! Man sieht ja kaum einen Baum vor sich, geschweige denn die Schranke!«

»Ich sage ja, dass ich selbst nicht an einen Unfug glauben kann. Außerdem kommt niemand vorbei!«

»Also kann es doch nur so sein, das dein Vater die Schranke vergessen hat!«

»Nein! Ich kann mich erinnern, dass sie offen stand!«, bekräftigte sie leidenschaftlich.

»Du kannst dich getäuscht haben bei diesem Nebel!«

»Nein! Ich sagte dir doch, dass wir nach der Lampe geschaut haben und dicht daneben gestanden haben!«

»Wer soll sie denn geschlossen haben?«

»Mir drängt sich immer stärker der Gedanke auf, ob der Peter nicht einen Feind hat, der einen Anschlag auf ihn ausüben wollte.«

Er blieb stehen, griff nach ihrem Arm und hielt sie zurück. »Um Gottes willen, Gina! Diesen Gedanken dürfen wir nicht laut werden lassen! Wohin würde das führen! Es wäre ja ein Mordversuch!«

Sie schaute ihn erschrocken an.

»Der Peter hat keinen Feind!«, fuhr er fort. »Du weißt ja selbst, dass er kaum unter die Leute geht. Wo sollte denn da ein Feind herkommen? Er tut niemandem etwas an, betrügt niemanden!«

»Aber er geht mit der Tochter des Sennhofer. Wer kann denn sagen, ob es nicht einen Menschen gibt, der ihm deswegen neidisch ist? Was hat man denn schon aus Eifersucht alles getan! Wie oft kommt es deswegen zu Mord und Totschlag!«

»Sicher, aber in diesem Fall dürfen wir einen solchen Verdacht nicht aussprechen. Es würde auch niemand daran glauben!«

Sie machte sich von seinem Handgriff frei und ging weiter. Der Hund hatte sie eben wieder gestreift.

»Das heißt, dass halt doch alles an meinem Vater hängen bleibt?«

Er antwortete nicht.

»Das wäre furchtbar für ihn, ich glaube nicht, dass er es überlebt. Hätte er mir doch gefolgt und um Versetzung nachgesucht!«

»Natürlich ist das Pech und dein Vater tut mir Leid, Gina. Aber was will man machen? Was kann man tun?«

»Man soll wenigstens glauben, was ich sage! Es hatte den Anschein, dass wenigstens dein Vater mir glaubt, und dafür bin ich ihm dankbar!«

»Mein Vater ist unberechenbar, Gina! Du darfst dich von ihm nicht täuschen lassen. Es kann sein, dass er morgen wieder ganz etwas anderes sagt. Mir fällt eben ein, dass doch mehrmals ein lautes Glockenzeichen ertönt, wenn die Schranken niedergehen. Habt ihr nichts davon gehört?«

»Nein.«

»Hm – ich wünsche dir und deinem Vater, dass es für euch trotzdem gut hinausgeht!«

Sie kamen am Bahnübergang an. Er besichtigte die beschädigte Schranke und dann noch das völlig zerstörte Motorrad, soweit es bei dem dichten Nebel möglich war.

»Schrecklich!«, sagte er nur.

»Dank schön für die Begleitung!«, sagte sie. »Gute Nacht!«

Sie flüchtete sich in den Nebel. Bald darauf fiel am Haus die Tür ins Schloss.

Immer noch schwebte Peter Thalrainer in Lebensgefahr, so dass der Thalrainer befürchtete, am diesjährigen Allerseelentag noch einen weiteren Toten beklagen zu müssen. Die Verletzungen seines Sohnes waren so schwer, dass er jetzt schon zehn Tage ohne Besinnung dalag und der Arzt von einem Wunder sprach, weil er überhaupt noch atmete.

Als der Bauer zum Krankenhaus fuhr, durfte er seinen Sohn nicht einmal sehen, geschweige denn besuchen. Man schickte ihn beinahe ohne jede Hoffnung wieder heim und vertröstete von einem Tag auf den anderen.

Jeden Morgen kam der Alte jetzt herüber zum Bahnwärterhaus und holte sich über die Bahnstation vom Krankenhaus telefonischen Bescheid, der immer gleich lautete, nämlich, dass sein Sohn noch lebe und künstlich ernährt würde. Aber man könne noch nichts sagen …

Sowohl der Streckenwärter als auch seine Tochter warteten mit dem gleichen Bangen auf die Antwort. Traf sie dann endlich ein, schauten sich alle drei mit einem fast hoffnungslosen Blick an. Sie klammerten sich an die einzige Ermutigung, die der Arzt des Krankenhauses ihnen noch ließ, nämlich, dass es ein Wunder sei, ihn bis heute noch am Leben erhalten zu haben. Dadurch beweise sich seine ungeheure Widerstandskraft, die er dem Tod entgegenzusetzen habe. Lasse diese Widerstandskraft nicht nach, könne es noch sein, dass er die Krise überlebe.

»Vielleicht«, sagte der alte Bauer sich selbst zum Trost und ging dann wieder heim auf seinen Hof.

Simon war nun an die Stelle seines Bruders getreten und versuchte, wenn auch mit weniger Geschick und weniger Fleiß, den Hofbetrieb weiterzuführen, um den Vater zu entlasten, der jetzt andere Sorgen hatte. Der Alte fand es selbstverständlich, er wunderte sich lediglich über die Bereitschaft des Sohnes, der bis heute sehr wenig Pflichtbewusstsein gezeigt hatte. Hätte er die Angestellten gefragt, hätte er vielleicht erfahren, wie weit es beim Simon mit dem Arbeitseifer her war und wie ungern sie sich nach seinen oft unverständlichen Anordnungen richteten, die er, wenn es nicht anders ging, mit groben Worten durchzusetzen versuchte. Er hätte erfahren, wie unbeliebt Simon bei den Angestellten war und dass die Gefahr bestand, dass sie bei der nächsten Gelegenheit den Hof verließen.

Aber der Thalrainer kümmerte sich nicht darum; er hatte, wie gesagt, andere Sorgen, die ihm im Augenblick näher lagen als der Hof.

An einem Morgen, es war kurz vor Allerseelen und ein diesiges unfreundliches Wetter ließ die Menschen schwermütig werden, geschah es, dass Gina den Hörer des Telefons in großer Erregung aus der Hand legte und sich lebhaft nach dem Bauern umwandte, der ihr den Bescheid vom Gesicht abzulesen versuchte.

»Gestern abend ist er aus seiner Ohnmacht aufgewacht!«, rief sie. »Der Arzt hofft, dass er nun mit dem Leben davonkommen wird!«

In das Gesicht des Thalrainers kam Bewegung. Es war Lachen und Weinen zugleich, aber im Augenblick war er unfähig, ein Wort zu sagen.

»Man hat gesagt, dass Sie ihn kurz besuchen dürfen, Thalrainer«, fügte das Mädchen ergriffen hinzu.

Da legte der Bauer seine Hand auf die Schulter des Bahnwärters, der daneben stand, als müsste er an ihm eine Stütze suchen.

»Hab ich recht gehört, Rommig?«, flüsterte er. »Er ist aus seiner Ohnmacht erwacht! Er wird wiederkommen, mag es noch so lange dauern!«

Rommig zitterte am ganzen Körper, auch ihn hatte diese Mitteilung übermannt. Er hatte nun wenigstens kein Menschenleben auf dem Gewissen.

»Ich weiß und du weißt es auch, Rommig, wenn du auch nie etwas zu sagen gewagt hättest, ich habe viel an meinem älteren Sohn wieder gutzumachen. Ich habe ihn zur Seite gestellt, habe ihn arbeiten lassen wie ein Pferd! Vielleicht musste das alles geschehen, damit ich es nun erkenne. Wie es auch gewesen sein mag, hab keine Angst! Du wirst keinen Vorwurf von mir hören. Du bist nur ein Werkzeug in der Hand des Schicksals wie wir alle!«

Er wandte sich darauf an Gina. »Und dir, Dirndl, danke ich, dass du dich um ihn und auch um mich angenommen hast!«

»Wir sind doch Nachbarn!«, erwiderte Gina.

»Gute Nachbarn, ja, und wir wollen es bleiben!«

Immer wieder waren die Polizeibeamten ins Bahnwärterhaus gekommen, um neue Verhöre vorzunehmen. Sie hatten die Schuldfrage an dem Unglück zu klären, und wenn auch Gina jedes Mal versicherte, dass die Schranken, bevor sie zur Nachtruhe gingen, nicht geschlossen waren, vermochte sie den Verdacht auf fahrlässiges Handeln ihres Vaters nicht zu erschüttern. Auch ihre verzweifelten Tränen konnten nichts an der vermeintlichen Tatsache ändern. Wie sollte es denn anders gewesen sein? Von selbst schlossen sich die Schranken nicht! Und welcher Außenstehende sollte ein Interesse daran haben, in einer kalten Nebelnacht an der Schranke herumzuspielen! Außerdem hätte ihn das laute Glockenzeichen erschreckt und davon abgehalten.

Gegen diese Vorhaltungen der Polizeibeamten war nichts einzuwenden – und trotzdem war es nach Meinung Ginas anders gewesen. Sie allein wusste, dass der Vater nach der Durchfahrt des Abendzuges die Schranken geöffnet hatte. Aber man glaubte ihr nicht und deshalb erschrak sie jedes Mal aufs Neue, wenn wieder ein Mann in Uniform auf das Bahnwärterhaus zukam.

Auch an diesem Morgen, als der Thalrainer noch in der Stube des Bahnwärters stand, klopfte es plötzlich an die Tür.

Ein Beamter der Landgendarmerie, der ihnen nun schon hinlänglich bekannt war, trat ein.

»Was gibt es denn schon wieder?«, fragte der Streckenwärter mutlos. »Ich habe alles gesagt, was ich weiß und woran ich mich erinnern kann! Zeigen Sie mich doch endlich an, ich halte das nicht mehr länger aus!«

Um den glatt rasierten Mund des Beamten zuckte ein mitleidiges Lächeln. »Die Anzeige läuft doch schon längst«, sagte er. »Darum kommen wir ja immer wieder.«

»Wie lange noch?«

»Bis Sie uns endlich die Wahrheit sagen!«

»Warum verhaften Sie mich nicht, wenn Sie doch von meiner Schuld so fest überzeugt sind?«

»Seien Sie froh, dass wir es noch nicht getan haben!«

Jetzt drängte sich der Thalrainer zwischen sie. Seine buschigen angegrauten Brauen fielen finster über seine Augen herab, als er sich an den Beamten wandte.

»Lassen Sie doch endlich diese Leute in Frieden!«, grollte er. »Sie sind so unschuldig wie Sie und ich!«

»Wissen Sie das so genau?«

»Sie sagen es und es sind keine Leute, die lügen! Dass mein Sohn nun endlich aus seiner Ohnmacht erwacht ist und am Leben bleibt, ist mir wichtiger als die Hasenjagd nach einem Schuldigen, den Sie doch nicht finden!«

»So einfach geht das nicht, Thalrainer. Ich freue mich, dass es Ihrem Sohn besser geht und gratuliere Ihnen dazu. Aber es liegt immer noch schwere Körperverletzung vor, verursacht vermutlich durch Fahrlässigkeit eines Schrankenwärters. Wir handeln nur nach dem Gesetz. Ich hoffe allerdings, dass wir den Fall bald zu einem Abschluss bringen können, wenn Ihr Sohn nun vernehmungsfähig ist. Sicher ist er in der Lage sich an einiges zu erinnern.«

»Warten Sie damit gefälligst, bis Sie die ärztliche Erlaubnis dazu haben!«

»Das sowieso.«

»Vorläufig darf nur ich meinen Sohn kurz besuchen. Und gönnen Sie den beiden Leutchen da wenigstens diese kleine Verschnaufpause!«

Der Bauer deutete auf Rommig und seine Tochter, die armselig genug daneben standen.

»Das liegt leider nicht in meiner Befugnis, Thalrainer. Ich tu nur meine Pflicht!«

»Man kann sie auch tun, ohne die Menschen in Verzweiflung zu treiben. Verstehen Sie mich?«, grollte der Alte und richtete seinen wuchtigen Körper auf. Er schnaufte, dass sich die Nasenflügel blähten.

Dann wandte er sich an Vater und Tochter. »Habt keine Angst! Es wird nichts so heiß gegessen, wie es gekocht ist. Ich komme am Abend nochmals herüber!«

Thalrainer kehrte auf seinen Hof zurück. Das erste Mal hob er seinen Blick wieder zu den Bergen empor und wunderte sich fast, dass sie schon weit herab weiß waren. Es war damit zu rechnen, dass der Winter noch einmal zurückwich, aber er blieb in der Nähe und stieß bald aufs Neue vor, jedes Mal ein Stück weiter, bis dann auch die Täler von ihm erfasst wurden.

Er schnaufte die kalte, feuchte Luft ein. Der Tod, mit dem sein Peter nun so lange gerungen hatte, ließ endlich von ihm ab.

Ein Schreckgespenst ließ von ihm ab, das sich ihm jeden Tag gezeigt hatte, besonders deutlich am Abend, wenn der Tag erlosch und der letzte Express droben in den Schlund des Tunnels raste.

Daheim angekommen, rief er nach seinem Sohn,

und zwar mit einer so lauten Stimme, dass sie durch alle Scheunen hallte.

Simon kam aus der Tenne und folgte dem Vater in die Stube.

»Du wirst dich jetzt sofort fertig machen und zum Krankenhaus fahren. Der Peter ist aus seiner Ohnmacht erwacht und der Arzt hofft, dass er am Leben bleibt.«

»Wirklich?«, fragte Simon erfreut.

»Ich wollte eigentlich selbst fahren, aber man sollte auch im Sennhof Bescheid sagen; da warten sie ja auch darauf. Der Weg wird mir zu weit. Du nimmst im Dorf ein Taxi und lässt dich zuerst zum Sennhof fahren. Wahrscheinlich will die Bine mitkommen, denn schließlich ist sie seine Verlobte. Ich fahre dann morgen in die Stadt.«

Er öffnete den schweren Wandschrank und zählte eine Anzahl Geldscheine ab. Damit wandte er sich nach seinem Sohn um. »Hier sind fünftausend Mark. Die lieferst du im Büro des Krankenhauses ab als vorläufigen Vorschuss. Verstanden? Man soll alles an ihm tun und an keinem Mittel sparen, damit er wieder gesund wird. Ich komme für alles auf.«

»Jawohl, Vater, ich werde alles ausrichten. Hoffentlich kann ich dir eine gute Nachricht bringen!«

»So – und jetzt mach dich sofort auf die Socken! Ich erwarte dich am frühen Abend zurück.«

Simon warf einen Blick zur Uhr. »Doch, Vater, das lässt sich schaffen!«

»Solltest du ihn sprechen dürfen, grüße ihn von mir und sage ihm, dass ich morgen nach ihm schaue.«

»Ist recht, Vater!«

Simon eilte aus der Stube und hinauf in seine Kammer, um sich fertig zumachen.

Der Alte wanderte in der Stube auf und ab und ließ seinen Gedanken freien Lauf, die heute viel, viel froher waren.

Am Sennhof entlohnte Simon den Taxifahrer und schickte ihn zurück. Er rechnete damit, dass der Sennhofer seiner Tochter den eigenen Wagen überließ, in dem sie zur Stadt fahren konnten.

Die Nachricht, dass der Peter endlich die Krise überwunden habe, löste hier Erleichterung und Freude aus, denn auch die Leute vom Sennhof hatten tagelang um das Leben des Schwerverletzten gebangt.

Bine machte sich sogleich fertig. Natürlich bekam sie auch den Wagen, so dass sie bald darauf losfahren konnten.

Bine saß am Steuer.

»Du fährst gut und sicher!«, lobte er sie.

»Das kommt alles von selbst, wenn man öfter am Steuer sitzt. Ich verstehe nicht, dass man auf dem Thalrainerhof noch ohne Auto auskommt, wo er doch so abgelegen ist!«

»Ginge es nach mir, wäre schon längst eines da!«, erwiderte er. »Aber mein Bruder hat kein Interesse daran, er fährt lieber Motorrad.«

»Und hätte sich damit beinahe den Tod geholt! Ich wette, dass er glimpflicher davongekommen wäre, wenn er in einem Wagen gesessen hätte. Freilich, demoliert wäre das Auto auch, vielleicht schrottreif, aber so schwer wären seine Verletzungen nicht gewesen.«

»Das kann schon sein.«

»Oder sitzt euer Vater zu fest auf dem Geld?«

»Auch das kann sein.«

»Dann muss man es ihm eben klarmachen, wie notwendig heutzutage ein Auto ist!«, sagte sie.

»Das wird einmal dir überlassen sein und ich glaube kaum, dass er nein sagen wird. Außerdem, wenn einmal übergeben ist, hat er nicht mehr darüber zu bestimmen.«

Es war nicht mehr viel Verkehr auf der Straße, das Wetter war kein Reisewetter, die Urlaubszeit war längst zu Ende.

»Du hast dich wohl sehr gesorgt um den Peter?«, fragte er und wechselte das Thema.

»Natürlich. Aber man durfte ihn ja nie besuchen!«

»Der Vater hat gemeint, da du seine Verlobte bist, solltest du ihn auch als Erste besuchen.«

»Das ist nett von deinem Vater!«, sagte sie und man konnte im Zweifel sein, ob es aufrichtig oder spöttisch gemeint war.

Simon hielt es für spöttisch und beobachtete ihr Profil. Es war scharf geschnitten, die langen Lider waren vorgezogen, das Gesicht getönt.

»Ist die Schuldfrage schon geklärt?«, fragte sie nach einigem Schweigen.

»Natürlich ist sie geklärt. Der Streckenwärter hat vergessen, die Schranken zu öffnen, nachdem der letzte Abendzug durchgekommen war. Er leugnet es zwar, aber es kann doch gar nicht anders sein.«

»Dann wird er wohl dafür bestraft werden?«

»Wahrscheinlich. Wegen fahrlässiger Körperverletzung!«

»Eingesperrt?«

»Ich weiß nicht, wie das Gericht so etwas ahndet.«

»Sicher mit ein paar Monaten Gefängnis und darauf Dienstenthebung, wie das so ist.«

Er zuckte die Schultern. »Es ist bedauerlich, aber es muss eben jeder seinen Dienst gewissenhaft machen. Die Hauptsache ist, dass der Peter am Leben geblieben ist. Wäre er gestorben, würde es noch weit schlimmer um den Streckenwärter stehen.«

Sie nickte bedächtig vor sich hin, die Augen aufmerksam auf die Straße gerichtet.

Je näher sie der Stadt kamen, desto lebhafter wurde der Verkehr. Sie musste ab und zu das Tempo verringern.

»Wir haben uns seit dem Kirchweihsonntag nicht mehr gesehen, Bine«, begann er wieder in einem anderen Ton. »Hoffentlich hat der Peter dir keine allzu schweren Vorwürfe gemacht!«

»Wieso?«

»Ich meine, weil du dich mit uns noch im Landhaus aufgehalten hast?«

»Ach so! Nein, er hat nicht viel gesagt, aber ich glaube, er war verletzt.«

Er verzog spöttisch den Mund. »Wo habt ihr denn den Abend verbracht?«

»Im Seehotel.«

»War es wenigstens nett?«

»Es waren zu viele Leute da. Beim Tanzen ist man sich auf die Füße getreten.«

»Trotzdem seid ihr bis in die späte Nacht hinein dort geblieben?«

Sie nickte.

Er lachte. »Wenn ich mir meinen Bruder im Seehotel vorstelle! Er muss sich angestellt haben wie ein Elefant im Porzellanladen! Wie kommt er denn ausgerechnet dorthin?«

»Er hat mir die Wahl gelassen. Ich war schon öfter dort und es war jedes Mal sehr angenehm.«

Er lachte wieder belustigt auf.

Sie wandte ihm ihren Blick zu. »Was gibt es da zu lachen?«

»Du bist eine Schlange, Bine! Eine listige Schlange!«

»Warum?«

»Damit wolltest du es ihm ein bisschen heimzahlen, dass er dich wie ein durchgebranntes Kind von uns weggeholt hat! Ist es nicht so? Du hast genau gewusst, dass er sich im Seehotel nicht wohl fühlen könnte. Was hat ein ungehobelter Bursche, wie er es ist, dort zu suchen! Und dass du ihn dort bis Mitternacht festgehalten hast, das war die gerechte Strafe für ihn! Hoffentlich hast wenigstens du dich ein wenig amüsiert?«

»Ich? O ja! Er wollte zwar nicht tanzen –«

»Das ist verständlich«, warf er ein. »Mit seinen Trittlingen wäre er doch nur zum Gespött geworden. Aber was hast du getan?«

»Ich kam kaum zum Sitzen, weil mich immer wieder andere zum Tanz weggeholt haben.«

»Armer Peter! Sicher ist er fast gestorben vor Eifersucht?«

»Er hat nicht viel gesagt, aber viel getrunken. Später fuhren wir dann zu uns heim auf den Sennhof. Aber als er sich dann auf den Heimweg machte, war er wieder nüchtern. Das weiß ich bestimmt! Sonst hätte ihn mein Vater bei dem starken Nebel gar nicht fahren lassen.«

Sie erreichten jetzt die Stadt, die sie umfahren konnten, denn das Krankenhaus lag etwas abseits auf einer bewaldeten Anhöhe.

»Nach dem Besuch machen wir aber schon noch einen kleinen Stadtbummel, gelt?«, fragte er mit bedeutsamem Augenzwinkern.

»Wenn es deine Zeit erlaubt?«

»Ich weiß nicht, wann sich wieder eine so schöne Gelegenheit bietet. Heute brauchen wir wenigstens nicht zu befürchten, dass du von meinem Bruder weggeholt wirst!«

Er zwickte sie in den Arm.

»Nur kein Annäherungsversuch!«, scherzte sie und schlug ihn auf die Hand. »Wir müssen erst sehen, wie dein Bruder beisammen ist! Vielleicht vergeht uns die Lust zu einem Stadtbummel!«

»Du machst dir Sorgen?«

»Du etwa nicht?«

»Doch, doch! Abe man kann sich nicht dabei aufhalten.«

Vor dem Krankenhaus gab es einen großen Parkplatz. Einige Wagen standen da, Bine stellte den ihrigen dazu und sperrte ihn ab.

»Ich muss zuerst noch ins Büro und eine Anzahlung machen. Der Vater hat mir Geld mitgegeben«, sagte er, als sie sich dem Eingang näherten.

»Wie viel sollst du denn anzahlen?«

»Zweitausend.«

»Das ist wenig!«

»Es ist ja auch nur eine Anzahlung!«

Sie wartete im Gang, solange er im Büro zu tun hatte.

»Wir sollen droben im ersten Stock warten, bis die Schwester kommt, die uns zu ihm führt«, sagte er, als er herauskam.

»Wie geht es ihm?«, fragte sie etwas bang, von der Atmosphäre des Hauses beeindruckt.

»Besser.«

Sie stiegen die breite Treppe hinauf und warteten im ersten Stock.

Es dauerte auch nicht lange, da kam schon eine ältere Krankenschwester auf sie zu.

»Sie möchten unseren Patienten Peter Thalrainer besuchen?«, fragte sie.

»Ja, ich bin sein Bruder«, antwortete Simon. »Und das ist sein Verlobte«, fügte er hinzu, auf Bine deutend.

Die Schwester lächelte und reichte beiden flüchtig die Hand.

»Wie geht es ihm?«, fragte das Mädchen.

Die Schwester zögerte ein wenig. »Seit gestern besteht wenigstens die Hoffnung, dass er durchkommen wird. Bitte, bleiben Sie nur ganz kurz bei ihm. Es ist eine Anordnung des Arztes. Er ist noch sehr schwach. Ich werde dafür sorgen, dass Sie danach noch mit dem Doktor selbst sprechen können.«

Sie ging nun davon und die beiden folgten

schweigend und erwartungsvoll. Zögernd traten sie in das Zimmer ein, in dem der Kranke untergebracht war. Er lag hier ganz allein. Das Zimmer war klein, aber hell.

Die Schwester führte sie an das Bett und sprach ein paar Worte zu ihrem Patienten, von dessen Gesicht nicht viel zu sehen war, denn es war fast vollkommen eingebunden. Nur das linke Auge schaute aus dem Verband hervor.

Sie sahen, wie er nickte. Dann trat die Schwester beiseite und machte den Besuchern Platz. Zuerst trat Bine vor. Furchtsam beugte sie sich etwas zu dem Kranken hinab.

Er tastete nach ihrer Hand und versuchte sie festzuhalten.

»Armer Peter!«, sagte sie. »Geht es besser?«

Er nickte ein wenig. »Ich dank dir, dass du gekommen bist!«, brachte er mühsam hervor.

»Der Simon ist auch da«, fuhr sie fort und deutete auf den hinter ihr stehenden Begleiter.

Simon trat vor. »Ich soll dir einen schönen Gruß vom Vater bestellen«, sagte er leise. »Er will dich morgen besuchen. Er hat gemeint, zuerst sollten wir es tun.«

Peter nickte wieder.

»Hast du große Schmerzen?«, fragte ihn das Mädchen.

»Nein.«

»Es wird schon alles wieder gut!«, versuchte sie ihn zu trösten. Dann warf sie der Schwester einen Blick zu, die ihr mit einer Handbewegung zu verstehen gab, dass es genug sei für das erste Mal.

Bine hatte verstanden. Sie streichelte noch einmal seine Hand. »Jetzt musst du ruhen, damit du bald wieder gesund wirst!«

Er nickte.

»Wir kommen bald wieder.«

Leise gingen sie aus dem Zimmer. Die Schwester folgte ihnen und machte leise die Tür zu.

»Warten Sie einen Augenblick hier«, sagte sie. »Ich will schauen, dass Sie noch mit dem Herrn Doktor sprechen können.«

Lautlos lief sie den langen Gang zurück, an dessen Ende der Operationssaal lag. Sie sahen es an der großen Aufschrift über der Tür.

Dort in der Nähe verschwand die Schwester. Ab und zu ging irgendwo wieder eine Tür auf, aus der ein Patient oder eine Schwester hervorkam. Schließlich wurden sie zum Arztzimmer geführt.

Der Chefarzt und Chirurg des Krankenhauses war schon ein älterer Herr, sehr groß und schlank, mit einer Narbe im Gesicht und einer Brille. Er flößte sofort Respekt ein.

Aber er begrüßte die Besucher freundlich und bot ihnen Platz an, bevor er sich an seinem Schreibtisch niederließ.

»Ich habe nicht mehr geglaubt, dass er noch einmal aus der Bewusstlosigkeit erwachen würde«, begann er ohne Einleitung mit ruhiger, tiefer Stimme. »Dass er die Krise überstanden hat, verdankt er seiner äußerst widerstandsfähigen Natur. Die erste Operation hat er überstanden und nun müssen wir warten, bis er sich so weit erholt hat, dass wir die weiteren Eingriffe machen können. Wieweit er wieder hergestellt werden kann, lässt sich also noch nicht sagen. Bei seiner robusten Konstitution dürfen wir allerdings auf eine größtmögliche Heilung hoffen. Das rechte Auge ist verloren, daran lässt sich leider nichts ändern. Wie schwer die Schäden an der Wirbelsäule sind, das müssen wir erst sehen. Es tut mir Leid, dass ich keinen besseren Bescheid geben kann. Vorläufig müssen wir froh sein, dass er überhaupt mit dem Leben davongekommen ist. Ein solcher Unfall führt im Allgemeinen zum Tod.«

Eine Weile standen sie unter dem Eindruck des Gehörten. Schweigend fuhren sie vom Krankenhaus weg und hinab in die Stadt. Besonders stark schien das Mädchen von der ärztlichen Erklärung getroffen zu sein. Es hörte kaum auf die Worte, die Simon sprach, antwortete nur mit einem Nicken oder Schütteln des Kopfs, wenn er eine Frage stellte.

Langsam steuerte sie den Wagen durch die belebten Straßen und schaute sich nach einem Parkplatz um, den sie dann endlich vor der Pfarrkirche fand. Gleich daneben befand sich ein hübsches Lokal, in das sie einkehrten, um eine Brotzeit zu machen.

Langsam schien sich dann ihr Gemüt wieder aufzuheitern. Sie waren beide gewillt, das Bedrückende von sich abzuschütteln, und sprachen zunächst über alles andere, nur nicht über das, was sie am meisten beschäftigte.

Obwohl das Wetter nicht gerade dazu angetan war, denn es wehte ein kalter Nordwind, schlenderten sie durch die Straßen und betrachteten die Waren in den Schaufenstern.

Später suchten sie noch eine Weinstube auf, in der es sehr gemütlich war. Er trank ein paar Schoppen Tiroler und wollte auch sie dazu überreden.

Aber sie blieb standhaft. »Mit Alkohol am Steuer? Ich lasse mich doch nicht einsperren!«

»Das weiß ja niemand!«, meinte er.

»Und wenn ich einen Unfall baue?«

Sie saßen nebeneinander an einem kleinen Ecktisch und waren völlig ungestört.

Er rückte ein wenig näher an sie heran, so nahe, dass sie sich berührten. »Mit dir ginge ich auch in den Tod, Bine!«

Sie schaute ihn an.

»Du bist traurig!«, fuhr er fort. »Ich weiß schon, du bringst den Bericht des Doktors nicht aus dem Kopf. Oder ist es das Krankenhaus?«

»Kann auch sein. Wenn man in einem Krankenhaus ist, meint man, die ganze Menschheit sei krank oder läge im Sterben!«, antwortete sie.

»Das Erste mag richtig sein, aber das Zweite ist falsch! Die meisten liegen dort, um wieder gesund zu werden. Auch der Peter.«

»Glaubst du, dass er ein Behinderter bleiben wird?«

»Es ist nach den Worten des Arztes fast zu befürchten.«

»Schrecklich!«

»Einäugig bleibt er, das steht fest.«

»Ob er überhaupt seine Arbeit als Bauer noch tun kann?«

»Kaum. Der Thalrainer hat zwei Söhne, Bine.

Kann der erste den Hof nicht mehr übernehmen, dann muss es eben der zweite tun!«

Sie schaute ihn betroffen an. »Wie leicht du das sagst! Man könnte meinen, du hättest darauf gewartet!«

»Gewartet nicht, aber damit gerechnet. Angenommen, der Peter bleibt ein Krüppel, dann habe ich an seine Stelle zu treten. Das ist doch selbstverständlich!«

»Du denkst offenbar nur an dich – und was wird aus mir?«

»Du bist ja noch nicht mit ihm verheiratet!«

»Simon! Wie redest du!«, rief sie entrüstet.

»Es gehört zu der Art der Thalrainer, die Dinge so zu nehmen, wie sie sind. Das haben wir von unserem Vater. Gefühlsduseleien und Sentimentalitäten gibt es bei ihm nicht. Es wird nur geplant und gerechnet, wie es die Umstände erfordern. Du brauchst nicht erschrecken, denn ganz so wie der Vater sind die Söhne nicht, der Peter nicht und auch ich nicht. Wir räumen schon auch dem Gefühl einen Platz ein.«

Er ergriff ihre Hand und streichelte darüber. »Schau, Bine, den Peter, mit dem du verlobt warst, den gibt es nicht mehr. Das ist dir doch klar?«

»Mit dem ich verlobt war?«, erwiderte sie. »Ich denke, dass ich es immer noch bin.«

»Natürlich. Aber dieses Versprechen lässt sich ganz einfach nicht mehr halten, es sei denn, du willst dein Leben an einen Krüppel und Einäugigen ketten!«

»Du bist grausam, Simon!«

»Das meinst du nur. Ich sehe die Dinge nur so, wie sie sind, und packe sie auch so an. Niemand kann verlangen, dass du dein Leben für einen Mann opferst, den du nicht mehr lieben kannst! Ich habe doch eben gesagt, dass es den Peter, mit dem du dich verlobt hast, nicht mehr gibt! Aber den Simon gibt es noch! Es ist nichts verloren, Bine! Heute kann ich es dir ja sagen, wenn du es noch nicht bemerkt haben solltest: Ich liebe dich, schon seit ich dich zum ersten Mal auf unserm Hof sah. Freilich sah ich ein, dass ich kein Recht hatte, meinem Bruder das Glück streitig zu machen. Und ich hätte es auch nie getan. Aber zwischen uns beiden muss Klarheit bestehen, von diesem Augenblick an, wo wir erfahren haben, wie es mit dem Peter steht. Du brauchst einmal einen gesunden Mann, einen Bauern, der in der Lage ist, einen Hof zu führen. Ist es da nicht ein Glück für uns alle, für den Peter, für den Vater und natürlich – so hoffe ich wenigstens – auch für dich, dass du nicht nur vom Peter, sondern auch von mir geliebt wirst?«

Sie sagte nichts und schaute nachdenklich vor sich nieder.

Er beobachtete gespannt ihr Gesicht, er sah, wie es darin arbeitete. »Dass du mich auch recht gut leiden kannst, das habe ich mir doch nicht nur eingebildet?«, fuhr er fort. »Bitte, sei jetzt doch auch so ehrlich wie ich! Es hört uns niemand und es geht auch nur uns beide an. Du hast dir doch sicher auch manchmal gesagt, dass der Peter eigentlich ein richtiger Stoffel ist. Das ist auch nicht verwunderlich, denn er ist nirgends hingekommen außer ins Dorf.

Du hast dir vielleicht gedacht, du könntest ihm schon noch beibringen, was so einen Mann ausmacht, mit dem man sich sehen lassen kann. Du hast gemeint, in ihm einen gutmütigen Kerl gefunden zu haben, mit dem man machen kann, was man will. Aber täusche dich nicht! Er ist ein harter Knochen, an dem du dir deine Zähne ausgebissen hättest. Das sage ich dir so nebenbei, vielleicht zum Trost. Mein Vater war lange unschlüssig, wem von uns beiden er einmal den Hof übergeben soll. Den Ausschlag hast du gegeben. Nur deinetwegen hat er sich schließlich für den Peter entschieden. Er kann dich eben gut leiden.«

Er legte jetzt seinen Arm um sie, bereit, ihn gleich wieder zurückzuziehen, falls er sie erschrecken würde. Aber sie ließ es geschehen.

»Bitte, sag doch auch etwas!«, forderte er sie auf.

»Was soll ich denn dazu sagen?«

»Alles, was du denkst: Dass ich Recht habe, dass es wirklich so ist, dass du an jenem Sonntag lieber bei uns im Landhaus geblieben wärst, als dich vom Peter wie ein unfolgsames Kind wegholen zu lassen, dass du dich furchtbar gelangweilt hast mit ihm und immer an uns zurückgedacht hast, natürlich auch an mich …«

Sie wandte ihm ihr Gesicht zu. Minutenlang schauten sie sich in die Augen.

Sein Gesicht kam näher, so, als wollte er ihr etwas zuflüstern, aber er küsste sie.

Nun tat sie doch ein wenig erschrocken. »Bist du wahnsinnig?«

»Ich liebe dich, Bine, das habe ich dir gesagt und

nun auch noch gezeigt«, lachte er. »Sag selber, passen wir beide nicht viel besser zusammen? Altersmäßig schon, dann im Wesen und überhaupt in allem! Ich glaube nicht, dass du den Peter liebst, und habe es nie geglaubt, weil es einfach nicht sein kann. Aber eine Frau braucht schon eine ganz große Liebe, wenn sie einem Mann, der durch den Verlust eines Auges gewissermaßen entstellt ist, der vielleicht sein Leben lang ein Krüppel bleiben wird, folgen will. Und wohin folgen? Dass er die Bauernarbeit nicht mehr tun kann, daran gibt es wohl keinen Zweifel mehr. Oder willst du ihn ersetzen? Du kannst darüber denken, wie du willst, die Vernunft wird dir sagen, dass ich Recht habe. Und dass ich dich liebe, dafür kann ich nichts.«

Sie schaute jetzt auf die Uhr, als wollte sie sich auf die Zeit besinnen. »Wir müssen fahren, Simon!«

»Es eilt nicht.«

»Man erwartet uns daheim!«

»Du musst mir zuvor noch sagen, was ich dir bedeute!«

Jetzt lächelte sie und schaute ihn etwas verschmitzt an. »Was du mir bedeutest? Ich fürchte, du bist ein Hallodri, Simon!«

»Doch nicht deswegen, weil ich dich liebe? Als ich dich bei uns sah, dachte ich: Hat der Peter ein Glück! Wo nimmt dieser Stoffel nur so viel Glück her! Was findet dieses bildhübsche Mädchen nur an ihm? Ist es denn mit Blindheit geschlagen? Halbe Nächte lang bin ich wach im Bett gelegen und habe darüber nachgegrübelt. Ich habe immer nur dich vor mir gesehen!«

Sie stand jetzt auf und drängte weiter. Er rief nach der Bedienung und bezahlte die Zeche.

»Wann sehen wir uns wieder, Bine?«

»Sobald wir wieder zum Krankenhaus fahren.«

»Und sonst nicht?«

Sie ging jetzt davon, er folgte ihr. Es war inzwischen Nachmittag geworden. Das Wetter war immer noch trüb, die Dämmerung brach früh herein.

Der Verkehr auf der Straße war jetzt lebhafter als bei der Herfahrt. Teilweise fuhren die auswärts wohnenden Berufstätigen schon heim in den Feierabend.

»Das nächste Mal, wenn wir wieder in die Stadt kommen, müssen wir unbedingt den Roland besuchen! Er arbeitet im Büro seines Vaters. Wie hat er dir gefallen?«

Sie zuckte die Schultern. »Um mir eine Meinung über ihn zu bilden, kenne ich ihn zu wenig«, wich sie aus.

»Du wirst ihn schon noch kennen lernen. Er ist ein ganz großartiger Kumpel! Wir kommen öfter im Landhaus zusammen. Da musst du unbedingt mit dabei sein, Bine! Sobald ich weiß, wann wir uns dort wieder treffen, rufe ich dich an. Wir können dich auch im Wagen abholen.«

Sie sagte nicht zu, lehnte es aber auch nicht ab. »Das sehen wir dann schon«, sagte sie nur.

Am Abend erstattete Simon seinem Vater Bericht, er beschrieb, wie sie den Peter angetroffen hatten, wie erschrocken sie über sein Aussehen gewesen seien – denn der Kopf und auch das Gesicht seien völlig eingebunden – und auch über seine

Schwäche, denn jedes Wort, das er gesprochen habe, hätte er nur mit größter Mühe hervorgebracht, so dass sie nur ganz kurz bei ihm hätten bleiben dürfen. Er wiederholte, was der Chefarzt ihnen danach gesagt hatte.

Der Alte hörte schweigend zu. »Aber man hofft doch, dass er durchkommt?«, fragte er, nachdem Simon seinen Bericht beendet hatte.

»Im Augenblick besteht keine akute Lebensgefahr mehr, meint der Doktor. Aber es wird alles lange dauern und man könne noch nicht genau sagen, wie lange.«

Der Alte nickte. »Ich fahre morgen zu ihm, vielleicht kann ich selbst mit dem Arzt sprechen.«

»Sicher. Er hat uns heute auch ohne weiteres Auskunft gegeben.«

»Was sagt denn die Bine dazu?«

»Sie war natürlich danach recht bedrückt.«

»Das lässt sich denken! Das arme Ding! Es mag schwer sein für sie, wenn nun die ganzen Pläne über den Haufen geworfen werden. Auch für mich ist es schwer; ich habe mich wirklich auf diese Schwiegertochter gefreut!«

Was Simon jetzt dachte, wagte er freilich nicht zu sagen, nämlich, wie hart es ihn wohl ankomme, auf die in Aussicht gestellte Mitgift zu verzichten. Er schaute dem Alten nach, der jetzt ruhelos die Stube durchwanderte.

»Da kann man eben nichts machen!«, brummte der Alte. »Man meint oft, dass man sein Glück so fest in der Hand hält, dass es einem durch nichts mehr entrissen werden kann. Aber das ist nicht wahr! Von einem Tag auf den anderen kann man alles verlieren.«

Er blieb dann plötzlich dicht vor Simon stehen und schaute ihn fest an, als wollte er ihn mit seinem Blick durchdringen. »Dieses Unglück geht auch dich an!«, begann er dann.

»Natürlich, Vater.«

»Nun ist es vorbei mit dem Herumlungern und dem leichten Leben! Für dich geht jetzt die Arbeit an!«

»Das weiß ich, Vater, und ich meine, ich habe bereits gezeigt, dass ich dazu bereit bin.«

»Hoffentlich hält es auch an!«, zweifelte der Alte.

»Warum denn nicht? Ich habe immer gern gearbeitet, Vater, aber wenn man nichts recht machen kann und immer kritisiert wird, wird einem die Freude daran verleidet.«

»Zum Kritisieren hast du manchen Anlass gegeben, meine ich«, spöttelte der Alte. »Ich hoffe, dass du jetzt aus den Flegeljahren heraus bist! Es wird sich ja zeigen.«

»Du wirst mit mir zufrieden sein, Vater!«

Die Schneedecke auf den Bergen dehnte sich immer mehr aus und reichte schon tief herab. Einige Male bereits hatte es einen so starken Nachtreif gegeben, dass am Morgen auch die Täler so weiß waren wie im Winter.

Der Streckenwärter vom Zedertal war zu seiner vorgesetzten Dienststelle bestellt, wo er einem fast noch strengeren Verhör unterzogen wurde, als er es durch die Polizei zu erleiden gehabt hatte. Er spürte, dass es jetzt nur noch an einem dünnen Fädchen hing, jeden Augenblick seines Dienstes enthoben zu werden. Was sollte er dann machen? Wohin sollte er mit seiner Tochter gehen?

Er konnte nichts anderes aussagen, als dass es ihm unbegreiflich sei, dass die Schranken geschlossen waren. Er bat, doch noch so lange Geduld mit ihm zu haben, bis die polizeilichen Untersuchungen abgeschlossen seien.

Aber er war schon einmal wegen fahrlässiger Tötung vor Gericht gestanden, und wenn er auch freigesprochen worden war, haftete ihm dieser Vorfall nun doch an.

Der Streckenwärter hatte Angst. Der Gedanke, dass er noch einmal zur Verantwortung gezogen werden sollte, verfolgte ihn wie ein böses Gespenst.

Eines Abends, als Gina hinter dem Haus die aufgehängte Wäsche von der Leine nahm, bevor es zu dunkeln begann, sah sie den Wagen des Architekten Ammon langsam die Straße heraufkommen.

Ihr Vater war noch nicht zurückgekehrt von seinem Streckengang durch den Tunnel. Seitdem die Tage immer kürzer wurden, war es gewöhnlich schon stockdunkel, wenn er davon heimkam. Sie hatte sich früher nie etwas dabei gedacht, aber jetzt machte sie sich immer große Sorgen um ihn. Sie wusste, wie schwer er unter dem Verdacht einer fahrlässigen Handlung zu leiden hatte, und jedes Mal, wenn die Nacht kam und der Vater noch auf seinem Streckengang war, befiel sie eine unerklärliche Angst.

Als sie das Auto herankommen sah, kam ihr der Gedanke, warum sie sich denn nicht schon lange mit ihren Sorgen Herrn Ammon anvertraut hatte. Er war ein sehr bekannter und einflussreicher Mann und hatte bestimmt überallhin beste Beziehungen. Er war immer sehr nett und freundlich zu ihr gewesen, hatte sie schon oft in seinem Wagen mitgenommen, wenn sie ihm auf ihrem Weg zum Dorf begegnete. Er hatte sie sogar schon mit dem Vater in sein Landhaus eingeladen, wenn auch bis jetzt noch nichts daraus geworden war. Warum sollte sie ihm nicht einmal sagen, welche Angst sie hatte? Sicher würde er sie anhören, ihr zu helfen versuchen. Mindestens würde er ihr einen guten Rat geben.

Dieser Gedanke wurde jetzt so stark in ihr, dass sie sich entschloss, den Architekten heute noch aufzusuchen. Sie stand unter der hängenden Wäsche und wurde von ihm nicht gesehen, als das Auto vorbeifuhr und sogleich in die Kurve der Bergstraße, die zum Landhaus hinaufführte, einbog und ihren Blicken entschwand.

Nun hatte sie es sehr eilig, mit ihrer Arbeit fertig zu werden, sie trug die Wäsche ins Haus, zog sich besser an und schrieb dann rasch noch einen Zettel für den Vater, damit er sie nicht vergeblich suchte, falls er inzwischen heimkehren sollte.

Dann eilte sie davon und nahm ihren Weg hinauf zum Landhaus.

Während sie durch den stillen, dunklen Wald die Höhe erstieg, überlegte sie sich, wie sie Herrn Ammon ihr Anliegen erklären sollte.

Vor der Garage stand der Wagen. Die breite

Glastür zur Terrasse war hell beleuchtet. Laute Musik eines Plattenspielers drang heraus und war weithin zu hören. Das machte sie stutzig, denn Herr Ammon suchte wohl die Ruhe, wenn er zum Wochenende in sein Landhaus kam. Sicher war heute nur sein Sohn gekommen und hatte vielleicht ein paar Freunde mitgebracht.

Sie erinnerte sich an jenen Abend, an dem Simon Thalrainer sie überredet hatte, mit ihnen zu einer kleinen Feier mitzukommen. Damals war es auch so laut und feuchtfröhlich zugegangen.

Sie blieb stehen und wollte wieder umkehren, war dann aber doch versucht, wenigstens durch das Glas der Terrassentür einen Blick hineinzuwerfen.

Sie machte sich leise an das Haus heran, ging über die Stufen zur Terrasse hinauf und spähte dann vorsichtig in das hell beleuchtete Zimmer.

Was sie hier nun sah, rief in ihr höchste Bestürzung hervor. Nicht etwa die Feststellung, dass zwei anscheinend verliebte Pärchen um den Tisch saßen und ein fröhliches Zechgelage hielten, wozu der Plattenspieler die passende Musik lieferte, oder dass Roland Ammon ein Mädchen eng umschlungen hielt und dass es sich wieder um dasselbe Mädchen handelte, das sie unter dem Namen Lola kannte, sondern weil sie es nie und nimmer für möglich gehalten hätte, in dem zweiten Pärchen, das sich hier eingestellt hatte, Simon Thalrainer und die Bine zu erkennen. Sie schaute mehrmals auf die beiden hin, weil sie es einfach nicht glauben konnte, dass die Menschen auf eine solche Art über die Not und Sorgen ihrer Nächststehenden hinweggehen konnten.

Denn eben hatte es noch geheißen, dass die Sennhofertochter sich mit dem Peter verlobt hätte und als zukünftige Bäuerin vom Thalrainerhof gelte. Und während nun der Peter bis auf den Tod verletzt im Krankenhaus lag, vergnügte sich seine Verlobte mit seinem Bruder!

Wie wenig sie sich um den verletzten Verlobten zu kümmern schien, dass zeigte ihre fast ausgelassene Fröhlichkeit. Und die Blicke, die sie Simon zuwarf, wenn er ihr etwas ins Ohr flüsterte, verrieten noch etwas ganz anderes und viel Schwerwiegenderes: Sie verrieten den Betrug, den sie an Peter beging!

Denn so wie die beiden konnten sich nur Verliebte anschauen …

Und hätte es noch einen Zweifel gegeben, in diesem Augenblick hatte Gina den Beweis für ihre Annahme; denn eben nahm er ihren Kopf in seine Hände und küsste sie auf den Mund.

Von Entsetzen und Abscheu erfüllt, lief Gina jetzt weg und floh zurück. Sie schämte sich für dieses Mädchen und hatte grenzenloses Erbarmen mit dem Peter.

Wäre sie doch nie Zeugin einer solchen Szene geworden! Sie wusste, dass sie dieses hässliche Bild nie mehr aus ihrem Kopf bringen würde.

Aus dem Stübchen des Bahnwärterhauses schimmerte Licht. Gott sei Dank, der Vater war daheim!

Als sie aber dann in die Stube trat, war der Vater nicht da. Auf dem Tisch lag ihr Zettel noch so, wie sie ihn hingelegt hatte. Sie musste vergessen haben, das Licht auszuschalten, als sie fortging. Da befiel sie eine große Angst. Ein Blick auf die Uhr überzeugte sie, dass der Vater längst zurück sein müsste. Sie warf ein Tuch um die Schultern, ergriff die Laterne und verließ abermals das Haus. Auf dem Schienenweg eilte sie hinauf zum Tunnel.

Aber bevor sie den dunklen Schacht erreichte, blitzte vor ihr ein Licht auf. Sie blieb stehen und horchte in die Stille. Knirschende Schritte drangen an ihr Ohr, die sie bald als die ihres Vaters erkannte. Sie atmete erleichtert auf und eilte ihm entgegen.

»Was ist denn?«, fragte er halb verwundert, halb erschrocken, als sie zusammentrafen.

»Nichts. Ich habe mir nur Sorgen gemacht, weil du so spät kommst.«

»Ich habe vor dem Tunnel den Thalrainer getroffen«, erklärte er. »Wir haben uns ziemlich lang unterhalten.«

»Was ist mit dem Peter? Wie geht es ihm jetzt?«

Rommig zögerte. »So weit geht es ihm ganz gut. Das rechte Auge war nicht mehr zu retten, es musste herausgenommen werden. Zum Glück ist wenigstens das linke unversehrt geblieben. Er wird sich halt daran gewöhnen müssen. Später könnte ihm ein Glasauge eingesetzt werden, dann wäre es vielleicht nicht so schlimm mit der Entstellung.«

Sie gingen langsam nebeneinander auf das Bahnwärterhaus zu, von dem ihnen das Licht tröstlich entgegenschimmerte.

»Auch mit der Heilung des Schädelbruchs sollen die Ärzte zufrieden sein, wenigstens bessert sich sein Denkvermögen von Woche zu Woche …«

»Aber?«, fragte Gina bang, weil sie spürte, dass damit noch nicht alles gesagt war.

»Es fehlt etwas an seiner Wirbelsäule, was den Ärzten noch große Sorgen macht. Sie befürchten eine teilweise Lähmung und sie können noch nicht sagen, wieweit sie sich beheben lässt. Wahrscheinlich bleibt etwas zurück. Und der Bauer meint, einem Krüppel könne er seinen Hof nicht übergeben.«

»Einem Krüppel?«, wiederholte sie erschrocken.

»Du weißt, wie die Bauern denken: Wenn einer bloß krumm geht, ist er schon ein Krüppel. Wahrscheinlich geht es dem Thalrainer um etwas anderes, was ich so herausgehört habe. Er befürchtet, dass die Tochter des Sennhofer das Verlöbnis lösen würde, denn mit einem Einäugigen und Hinkenden sei das stolze Mädchen wohl nicht zufrieden. Und man könne es ihm auch nicht verargen.«

»Das stolze Mädchen!«, höhnte Gina.

»Am Anfang habe sie den Peter noch ein paar Mal besucht und sogar großes Mitleid gezeigt, aber jetzt lasse sie sich überhaupt nicht mehr im Krankenhaus sehen.«

»Das glaube ich gern!«

»Daraus schließt eben der Bauer, dass sie ihr Verlöbnis auflösen wird.«

»Sie hat es wohl schon aufgelöst, Vater!«

Er nickte. »Wahrscheinlich. So sind die Menschen überall, ob sie in der Stadt leben oder auf dem Land oder im einsamen Zedertal, sie lieben sich nur im Glück. Niemand will für einen anderen ein Opfer bringen. Man schämt sich, einen einäugigen

Mann zu nehmen, man fürchtet, ein Behinderter könnte zu viel Arbeit machen.«

»Wie recht kannst du haben, Vater!«

Der Peter tat ihr sehr Leid. Wie schwer musste es ihn treffen, wenn er nun erfahren musste, dass dieses Mädchen sich von ihm ab- und seinem Bruder zugewandt hatte.

In dieser Nacht lag sie lange wach und grübelte.

Es war zu erwarten, dass der Thalrainer, der immer schon seinem jüngeren Sohn den Vorzug gegeben hatte, sich mit dem Gedanken trug, den Hof an den Simon zu übergeben. Er würde es erst recht tun, wenn er nun erfuhr, dass die Sennhofertochter von Anfang an den Simon mehr liebte als den Peter. Ihr Mitleid mit dem Verletzten ließ sie nicht mehr zur Ruhe kommen, bis sie sich entschlossen hatte, ihn bald einmal im Krankenhaus zu besuchen. Sie hatte ihn immer gern gehabt, den Peter, und auch geachtet als einen aufrichtigen und fleißigen Menschen, dem in seinem Leben wenig Freude beschieden war. Sie hatten oft miteinander gesprochen, wenn er auf seinem Motorrad vorbeikam und gerade vor den geschlossenen Schranken warten musste oder wenn sie auf den Hof kam, um Milch oder Eier zu holen. Er war immer freundlich gewesen, sogar ein wenig scheu, als schämte er sich seiner derben und unbeholfenen Art.

Aber noch etwas anders kam ihr plötzlich erschreckend in den Sinn, nämlich, dass der leichtgläubige Peter dieser Sennhofertochter nur als Mittel zum Zweck gedient haben könnte, über den Peter an den Simon heranzukommen. Das Eine stand fest: Nach dem, was sie heute gesehen hatte, bestand zwischen den beiden eine große Vertraulichkeit, und zwar nicht erst seit kurzem. Welch ein glücklicher Zufall für beide, dass der Peter so schwer verunglücken musste!

Ob es aber nur ein Zufall war?

Sie musste diesen furchtbaren Gedanken von sich weisen, denn er drohte sie verrückt zu machen. Aber bei allem, was ihr heilig war, konnte sie beschwören, dass die Schranken geöffnet waren, als sie an jenem unseligem Abend ins Bett gingen. Und als dann Peter sich mit seinem Motorrad zu später Nachtstunde auf dem Heimweg befand, waren sie geschlossen.

Wer hatte sich daran zu schaffen gemacht? Etwa der Simon? Um seinen Bruder unschädlich zu machen, den Rivalen um den Hof und um die Sennhofertochter? War ihm ein solches Verbrechen zuzutrauen?

Gina wusste es nicht und wollte es nicht wahrhaben. Aber es hätte doch auch die Glocke anschlagen müssen, als er die Schranken herabließ. Niemand hatte etwas gehört, weder der Vater noch sie.

Unruhig warf sie sich in ihrem Bett von einer Seite auf die andere, setzte sich plötzlich wieder auf und schaute zum Fenster, das sich hell vom übrigen Dunkel abhob. Sie machte eine schreckliche Nacht durch und schlief erst gegen Morgen ein.

Der Thalrainer wanderte ruhelos in der Stube auf und ab, schaute alle Augenblicke auf die Uhr und schüttelte ungeduldig und ärgerlich den Kopf.

Es ging auf Mitternacht zu, als er endlich leise die Haustür gehen hörte. Aber da stand er schon auf der Schwelle. Das Licht von der Stube fiel hinaus in den dunklen Gang. »Komm herein zu mir!«, befahl er.

Simon folgte ihm in die Stube.

»Wo kommst du so spät her?«, fragte der Alte mürrisch. »Das sind mir die richtigen Bauern, die um Mitternacht noch herumstreunen!«

»Ich bin nicht herumgestreunt!«

»Sondern?«

»Ich bin am Abend nur noch ins Dorf gegangen und wollte auf ein Glas Bier oder zwei einkehren. Zufällig habe ich dort einen Spezi von der Kompanie getroffen. Er ist Monteur für Landmaschinen und hat beim Höllerer eine neue Schneidemaschine aufgestellt. Du kannst dir denken, Vater, dass wir so schnell nicht auseinander gehen konnten.«

Der Alte schaute ihn eine Weile prüfend an. »Ich meine, aus dem Glas Bier oder zwei ist etwas mehr geworden! Du stinkst ja nach Alkohol!«

»Wie's halt so ist, wenn man sich trifft. Es wird dir damals wohl auch so gegangen sein. Oder nicht? Seit wann bist du denn schon daheim, Vater?«, fragte der Sohn mit unterwürfiger Freundlichkeit.

»Den ganzen Abend sitz ich schon da und warte auf dich!«

»Du hast auf mich gewartet? Was gibt es denn Neues? Wie geht es dem Peter?«

Der Alte biss sich auf die Lippen. »Nicht zum Besten!«, antwortete er dann und fing wieder an zu wandern. »Das mit dem Auge ließe sich ja noch hinnehmen, aber dass er immer noch nicht den linken Fuß bewegen kann, macht mir allmählich Sorgen. Schwere Sorgen! Ein Bergbauer braucht gesunde Glieder. Was will er denn mit einem hinkenden oder gar lahmen Bein an den steilen Hängen anfangen?«

Simon antwortete nicht, mit lauerndem Blick schaute er ihm auf seinem unruhigen Hin- und Herwandern nach.

»Es scheint so zu kommen, wie ich immer befürchtet habe« fuhr der Alte fort. »Natürlich verstehe ich, dass die Bine keinen Krüppel heiraten will und sich von ihm lösen möchte.«

»Wer sagt denn, dass sie sich von ihm lösen will?«

Der Alte blieb wieder vor seinem Sohn stehen und schaute ihn durchbohrend an. »Ich hab so etwas gehört und es versteht ja jeder, dass sie ihn unter diesen Umständen nicht mehr heiraten will.«

Er machte ein paar Schritte hin und her und fuhr sich über den Schädel. »Man muss es eben nehmen, wie es ist«, fuhr er fort.

»Wie trägt es der Peter?«, fragte Simon.

»Er trägt's, weil er es tragen muss. Aber es geht ja nun auch um den Hof!«

Abermals blieb er dicht vor seinem Sohn stehen und schaute ihn durchbohrend an.

»Du wirst jetzt unter Beweis stellen müssen, was du für ein Kerl bist!«, sagte er dann.

»Hab ich das noch nicht getan?«

»Viel ist nicht davon zu sehen.«

»Und der Hof? Wer führt ihn?«

Der Alte lachte spöttisch auf. »Im Winterschlaf kann ihn auch ein Faultier führen. Was du kannst und wie du dich anstellst, wird sich im Frühjahr zeigen. Es geht dich jetzt ein wenig mehr an, Simon! Das wirst du wohl begreifen?«

»An mir soll es nicht fehlen, Vater. Oder denkst du, dass ich hinter dem Peter zurückstehe? Man ist nicht zu beneiden, wenn man als zweiter Sohn auf einem Bauernhof geboren wird, und man müsste ein Esel sein, wenn man anschiebt, bloß dass der ältere Bruder einmal einen recht schönen Hof übernehmen und dem jüngeren Bruder die Stiefel vor die Tür stellen kann! Wenn du schon so redest, Vater, dann muss ich auch das Meinige dazu sagen! Welches Interesse konnte ich schon an dem Hof haben? In den Augen vom Peter war ich immer nur ein Taugenichts. Darum ist es so weit gekommen. Jetzt liegen die Dinge anders. Man sieht, dass ich auch noch da bin und dass man auf mich zurückgreifen kann. Ich werde meinen Mann stellen, Vater! Du brauchst mir nur die Verantwortung in die Hand zu legen!«

Man sah es dem Bauern an, dass ihm diese Rede gefiel. Es war das erste Mal, dass er von seinem zweiten Sohn solche Worte zu hören bekam.

»Was wäre jetzt, wenn der Peter bei dem Unglück umgekommen wäre?«, fragte Simon plötzlich. »Hättest du dann den Hof verkauft?«

»Du spinnst wohl! Wie?«

»Dann hättest du deinen Nachfolger also in mir gesehen. Und wenn er nun seine Arbeit als Bauer nicht mehr tun kann?«

»Dann habe ich die verdammte Pflicht und Schuldigkeit, auf eine andere Art und Weise für seine Zukunft zu sorgen«, entgegnete der Alte.

»Schließlich hat er auf dem Hof gearbeitet wie ein Pferd, schon von seinen jüngsten Jahren an. Es sei denn, er fände eine Frau, die an seiner Stelle die Wirtschaft und den Hof führen kann.«

»Diese Frau findest du nicht, die neben der Betreuung eines Krüppels auch noch die ganze Arbeit tut.«

»Eben!«, sagte Thalrainer. »Weißt du jetzt, warum ich bis Mitternacht auf dich gewartet habe, bis du endlich heimkommst, damit ich mit dir reden kann? Das machen die Sorgen, die ich heute heimgetragen habe, nachdem ich mit dem Krankenhausarzt gesprochen habe. Du wirst dich darauf einzurichten haben, einmal den Hof zu übernehmen. Was das heißt, weißt du selber. Du hast damit zu rechnen, dass du für deinen Bruder zu sorgen hast, solange er lebt. Den Hof, wie er heute dasteht, verdankst du nicht nur mir, sondern auch ihm. Du wirst dich um eine Frau umsehen müssen, die gern das Opfer auf sich nimmt, sich nebenbei auch noch um einen Behinderten zu kümmern. Verstehst du mich?«

»Vollkommen.«

»Zu diesem Entschluss bin ich heute gekommen, als ich auf dem Heimweg war. Und ich wollte mit dir reden. Du sollst über alles nachdenken, und wenn du die ganze Nacht kein Auge zumachst! Es hängt jetzt nicht mehr allein von mir ab, sondern auch von dir, wie die Zukunft auf dem Thalrainerhof aussehen wird. Ich hab dir viele Streiche durchgehen lassen, solange du noch ein junger Bursch warst. Aber jetzt verlange ich von dir einen erwachsenen Mann!«

»Ich bin bereit, Vater, und du sollst mit mir zufrieden sein!«

Simon streckte seinem Vater die Hand hin, die dieser mit derbem Druck ergriff.

Die polizeilichen Untersuchungen gegen den Schrankenwärter vom Zedertal wegen fahrlässiger schwerer Körperverletzung wurden fortgesetzt. Peter Thalrainer war nun vernehmungsfähig und sollte aussagen, welche Umstände zu diesem schweren Unglück geführt hatten. Vor allem wollte man von ihm wissen, ob am Bahnübergang überhaupt ein Licht gebrannt hatte und wie weit die Sicht bei dem damals herrschenden Nebel gewesen war.

Aber Peter vermochte sich immer noch nicht recht an das Unglück zu erinnern, nicht einmal an die Schrecksekunde, in der er wahrnahm, dass er auf die geschlossene Schranke auffuhr.

Er erinnerte sich lediglich daran, dass er getrunken hatte und dass dichter Nebel lag. Das aber wollte der Vernehmungsbeamte von ihm gar nicht wissen. Ihm ging es in erster Linie um die Feststellung, dass der Streckenwärter in sträflichem Leichtsinn die Schranken nicht geöffnet hatte. Dass der Verletzte in angetrunkenem Zustand ein Kraftfahrzeug gefahren hatte, das war eine Sache für sich und erklärte vielleicht das rasende Tempo und die Unvorsichtigkeit im Nebel.

»Ich kann mich nicht erinnern, dass ich in die geschlossene Schranke hineingerast sein soll«, sagte Peter.

»Aber das sind Sie doch! Wie könnten Sie den Unfall anders erklären?«

»Um diese Zeit ist der Bahnübergang nie geschlossen!«

»Aber er war geschlossen!«

Peter schüttelte den Kopf. »Ich bin dreißig Jahre alt und weiß jeden Zug auswendig, der bei uns vorbeikommt.«

»Das glaubt Ihnen jeder, dass um diese Zeit kein Zug mehr zu erwarten war. Der Streckenwärter hat eben vergessen, die Schranken zu öffnen, nachdem der letzte Zug durchgefahren war.«

Peter schüttelte abermals ungeduldig den Kopf. »Nein! Der Rommig vergisst nichts! Er ist ein fleißiger und gewissenhafter Mann und hätte er es vergessen, wäre es bestimmt der Gina nicht entgangen. Sie kümmert sich um alles, was ihr Vater tut! Schon weil sie befürchtet, es könnte ihm einmal etwas passieren.«

»Warum befürchtet sie das?«

»Er hatte schon einmal das Unglück, für den Tod eines Menschen angeklagt zu werden. Da war er noch Rangiermeister in der Stadt. Aber er war unschuldig und wurde freigesprochen. Trotzdem hat er das Unglück nie mehr aus dem Kopf gebracht und ist oft recht deprimiert. Hätte er wirklich vergessen, die Schranken zu öffnen, hätte es seine Tochter Gina getan. Das dürfen Sie mir glauben.«

»Aber die Schranken waren geschlossen!«

»Aber das ist nicht möglich! Wie oft muss ich es Ihnen noch sagen?« Auch Peter wurde ungeduldig.

»Dann weiß ich nicht, wie es zu diesem Unglück kam!«, warf der Beamte ärgerlich ein.

»Ich weiß es auch nicht, aber vielleicht fällt es mir noch ein, wenn es meinem Kopf besser geht.«

Die Schwester ermahnte den Beamten, die Vernehmung zu beenden. Sie hatte genaue Instruktionen vom Arzt.

Man musste warten.

Dann kam der Tag, an dem Gina das Krankenzimmer betrat, um den Nachbarssohn zu besuchen. Schon seit mehreren Wochen wartete Peter auf den Besuch seiner Bine, die am Anfang ein paar Mal kurz nach ihm geschaut hatte, aber dann nie mehr etwas von sich sehen oder hören ließ. Zunächst hatte er sich oft schwere Gedanken gemacht, warum sie sich denn nicht mehr um ihn kümmerte. Vielleicht ging sie nicht gern in ein Krankenhaus, in dem es nach Chloroform und Medikamenten roch, in dem man bei jedem Schritt der menschlichen Gebrechlichkeit begegnete. Aber dann kam ihm langsam auch die Einsicht, dass er in ihren Augen wohl nur noch als ein halber Mensch galt und welches Opfer es für sie bedeuten mochte, trotzdem noch ihr Leben an das seine zu ketten.

So, wie er jetzt dalag, ein Auge verloren, die Knochen verletzt, hatte er kein Recht mehr, auf ihr Versprechen zu pochen. Vielleicht hätte er sogar die Kraft aufgebracht, mit ihr darüber zu sprechen, ihr zu sagen, dass sie frei wäre und einen gesunden Mann heiraten sollte.

Nur mit seinem Vater hatte er darüber gesprochen, und der hatte schweigend dazu genickt. Es war nichts daran zu ändern.

In diesem Augenblick aber, als nun die Gina so unerwartet bei ihm eintrat, ging etwas ganz Neues in ihm vor. Es war, als hätte sich längst etwas in seinem Inneren verborgen gehalten, das jetzt wie ein Strom hervorbrach und alles fortschwemmte, was wie ein erdrückender Ballast auf seiner Brust gelegen hatte.

»Gina!«, rief er und streckte ihr seine Hand entgegen. »Du kommst zu mir?«

»Wenn ich darf?«

Er deutete auf einen Stuhl, der neben dem Bett stand. »Ich freue mich! Du bleibst doch ein bissl da?«

Sie setzte sich. Wenn sie auch nur einfache Kleidung trug, sah man ihr doch das Besondere an. Es liegt am Menschen selbst, was ihn von anderen haushoch unterscheidet.

»Ich wollte dich schon lange besuchen, aber ich habe mich nicht getraut«, gestand sie und musterte den Verband um seinen Kopf.

»Jetzt weiß ich, dass ich auf dich gewartet habe, all die Tage, in denen ich voll Unruhe zur Tür geschaut habe, durch die doch niemand anderer gekommen ist als der Vater oder eine Schwester. Wie freu ich mich, dass du gekommen bist!«

»Wie fühlst du dich?«, fragte sie.

»Es geht besser. Manches an mir ist ja für immer zerstört, aber das weißt du ja schon. Zum Beispiel das rechte Auge, daran werde ich mich gewöhnen müssen. Aufstehen kann ich noch lange nicht; ich habe keine Kraft in den Beinen und kann sie nicht einmal bewegen. Der Doktor sagt zwar, es käme schon wieder, ich müsse nur Geduld haben. Der Vater ist da ehrlicher und auch etwas robuster; er hat mir gleich gesagt, wie es um mich steht. Es kann nämlich sein, dass ein paar Nerven gelähmt bleiben, ich werde also nicht nur einäugig bleiben, sondern werde herumhinken wie ein Pferd, das man falsch beschlagen hat! Aber genug davon! Wie geht es euch beiden im Bahnwärterhaus, Gina?«

»Uns geht es so weit ganz gut.«

»Das ist recht!«

Sie schaute voller Mitleid und erschüttert auf ihn herab. »Kannst du mir verzeihen, Peter, dass ich dich noch nie besucht habe?«, begann sie plötzlich und wischte die Tränen weg, die sich ihr in die Augen gestohlen hatten.

»Du darfst nicht glauben, dass ich nie an dich gedacht habe, aber du weißt ja, wie die Leute es gleich auslegen, wenn ein Mädchen einen jungen Mann besucht!«

»Wir sind doch Nachbarn, Gina!«

»Ich habe befürchtet, deine Verlobte könnte auf mich böse sein und sich ganz falsche Gedanken machen.« Sie beobachtete sein Gesicht, soweit es vom Verband frei war, und merkte, dass es erstarrte. »Es wäre für sie und vielleicht auch für mich unangenehm gewesen, wären wir hier unerwartet zusammengetroffen«, fügte sie leise hinzu.

»Kennst du die Bine?«

»Nur vom Sehen.«

»Freilich, wir sind ja schon einmal vor der geschlossenen Schranke gestanden«, erinnerte er sich. »Sie war schon lange nicht mehr bei mir. Du siehst ja selbst, wie ich jetzt daliege und was aus mir geworden ist, Gina. Ich muss mich eben damit abfinden, dass aus der geplanten Heirat nichts werden kann. Es ist nur so schwer, weil ich alles mit mir allein abmachen muss. Darum habe ich mich so gefreut, als du eben zur Tür hereingekommen bist.«

»Es wird vielleicht noch gut, Peter!«, wollte sie ihn trösten.

Aber er schüttelte den Kopf. »Ich will dir etwas sagen, Gina: Schau, die Bine kommt aus einem vermögenden Haus, außerdem ist sie die Jüngste von den Geschwistern und wurde von allen verwöhnt. Sie war sogar ein paar Jahre in einem sehr vornehmen Internat. Und wer bin ich? Ein derber, ungeschliffener Bauer, ein Stoffel, ein weltfremder Holzfuchs aus dem Zedertal. Mein einziger Vorzug ist, dass ich einmal den größten und reichsten Bauernhof erben sollte, den es hier in der Gegend gibt. Damit ist es nun aber wohl vorbei. Der zukünftige Besitzer des Hofes wird nicht mehr Peter, sondern Simon Thalrainer heißen, und damit bin ich für die Sennhofertochter uninteressant geworden.«

»Das kann doch nicht wahr sein, Peter! Das glaube ich nicht! Wo bliebe denn da die Liebe?«

»Die Liebe!«, wiederholte er verbittert. »Ich habe nie etwas anderes erwartet, als dass es der Bine mehr um den Hof als um mich geht. Ich hatte sogar den Verdacht, dass sie es zutiefst bedauerte, nicht meinen Bruder anstelle von mir als Hoferben zu sehen. Der wäre ihr viel lieber gewesen, denn der Simon hat Schliff und Charme!«

Sie hörte ihm schweigend zu und schaute erschüttert auf ihn hinab.

Er tastete nach ihrer Hand und blickte sie aus seinem freien Auge bittend an. »Gelt, Gina, ich darf alles mit dir besprechen? Ich habe niemanden sonst, dem ich mein Herz ausschütten könnte.«

Sie nickte. »Du darfst alles nicht zu schwer nehmen!«, sagte sie.

»Das mache ich gar nicht. Ich habe mich mit allem abgefunden. Ich warte nur noch darauf, dass sie kommt, um mir zu sagen, dass es aus wäre mit uns. Es kann sein, dass sie nicht den Mut dazu hat und ihren Vater schickt.«

Gina dachte bei sich, wie Recht er hatte, aber er tat ihr viel zu Leid, um ihm die volle Wahrheit zu sagen.

»Aber sie sollen sich in mir täuschen!«, fuhr er plötzlich mit fester Stimme fort. »Ich werde meinen Körper zwingen, dass er mir wieder gehorcht. Glaubst du, dass ich das schaffen kann, Gina?«

Sie nickte. »Ich glaube es, Peter.«

Sie schaute ihm fest in sein Auge.

»Es tut uns ja so schrecklich Leid, dass dieses Unglück geschehen ist. Mein Vater ist völlig niedergeschlagen. Man hält ihm vor, dass er in leichtfertiger Vergesslichkeit die Schranken nicht geöffnet habe.«

»Wer hält ihm das vor? Vielleicht der Vater?«, fragte er schroff.

»Nein, dein Vater macht uns keinen Vorwurf.«

»Keinen Vorwurf?«, wunderte er sich. »Seltsam! Ist er vielleicht gar froh, auf diese Weise und ohne sein Gewissen belasten zu müssen, seinen Lieblingssohn als Hoferbe einsetzen zu können?«

»So darfst du nicht denken, Peter! Du würdest ihm Unrecht tun!«

»Ergreifst du Partei für ihn?«

»Ja, weil ich muss!«

Er schüttelte den Kopf. »Gina! Ich verstehe das nicht! Bitte, sage mir, was draußen geschieht! Ich liege hier und mache mir meine eigenen Gedanken! Sage mir, was du weißt!«

»Vorläufig weiß ich nur, dass gegen meinen Vater ein Verfahren läuft wegen fahrlässiger schwerer Körperverletzung. Man will ihn zur Verantwortung ziehen. Ich kann aber bezeugen, dass er nach dem letzten Abendzug die Schranken geöffnet hat. Aber was nützt es? Ich bin seine Tochter. Man glaubt uns beiden nicht.«

»Sie sollen deinen Vater in Ruhe lassen. Die Schuld liegt ganz allein bei mir! Ich war in dieser Nacht schwer betrunken und in diesem Zustand bin ich heimgefahren. Vielleicht verstehst du mich besser, wenn ich dir sage, dass ich den ganzen Tag einen großen Ärger mit mir herumgetragen habe. Zuerst ließ mich die Bine vergeblich zum Sennhof fahren; denn es war ausgemacht, dass ich sie dort abhole. Wir wollten irgendwohin zum Tanzen gehen. Als ich am Sennhof ankam, war sie nicht mehr da. Man sagte mir, dass mein Bruder sie abgeholt hätte. Im Wagen natürlich. Versteht sich! Ich fand die beiden in einer ausgelassenen Gesellschaft droben im

Landhaus des Architekten. Nun weißt du vielleicht, warum ich an diesem Tag getrunken habe. Nur, um zu vergessen! Und so konnte das Unglück geschehen.«

Er wusste also, dass die Sennhofertochter ihn mit seinem Bruder betrog. Sie hätte es nicht übers Herz gebracht, ihm zu sagen, was sie an jenem Abend, als sie in der Absicht mit Herrn Ammon zu sprechen und ihn um Hilfe zu bitten, gesehen hatte. Und doch hätte sie es tun müssen.

»Man hat festgestellt, dass die Schranken geschlossen waren«, entgegnete sie nur.

Aber er schüttelte den Kopf. »Dein Vater ist unschuldig, Gina! Warte nur, bis ich hier heraus bin, dann werden wir es schon beweisen.«

Sie schaute ihn ganz bestürzt an. »Was willst du damit sagen?«

Er seufzte. »Ich hatte genug Zeit, über alles nachzudenken, und ich habe es auch getan, Gina! Würde ich aussagen, zu welchem Schluss ich gekommen bin, würde mir kein Mensch glauben. Auch du nicht. Aber ich hoffe, es noch einmal beweisen zu können; denn ich lebe noch. Ich bin nicht tot!«

»Peter! Woran denkst du!«, rief sie erschrocken.

Er winkte ab. »Können wir nicht über etwas anderes reden, Gina? Ich bin so glücklich, dass du zu mir gekommen bist! Ich habe es nicht zu hoffen gewagt, aber – jetzt darf ich es dir doch sagen? – ich habe auf dich gewartet und je mehr Zeit vergangen ist, desto sehnsüchtiger und ungeduldiger habe ich auf dich gewartet. Und jetzt bist du da! Ich danke dir dafür, Gina!«

Abermals tastete er nach ihrer Hand und streichelte darüber.

Mit hartem Griff hatte nun der Winter das Zedertal erfasst. Haushoch türmte sich der Schnee, wo der Wind ihn zu Haufen wehte, er knarrte unter den schweren Schritten des Streckenwärters, wenn er bei klirrendem Frost seinen Weg hinauf zum Tunnel nahm. Wie unter einer schweren Last gebeugt, schleppte der Mann sich auf dem Schienenweg dahin, den Schraubenschlüssel und den langstieligen Hammer in starren Fäustlingen festhaltend, bis er wie eine wesenlose Gestalt allmählich im trüben grauen Kältedunst oder im rieselnden Schneefall verschwand und sich aufzulösen schien.

Die Last, an der er so schwer zu schleppen hatte, war das Verfahren, das immer noch über ihm schwebte und ihn jeden Tag von seinem Dienst abberufen und vor den Richter zerren konnte. Er wunderte sich lediglich darüber, dass es nicht schon lange geschehen war und warum man ihm noch diese Gnadenfrist schenkte.

Um das Bahnwärterhaus sammelten sich Vögel aller Arten, angelockt durch das Futter, das Gina ausstreute. Und wenn der kurze Wintertag erlosch, kam das scheue Wild von den tief verschneiten Bergwäldern herab, um auf den freigeschaufelten Futterplätzen hinter dem Haus nach den Leckerbissen zu suchen, die dort immer bereitlagen.

Wie schön und friedlich könnte doch alles sein, wenn nicht diese ständige Angst gewesen wäre!

Eingeschneit und wie von bösen Zaubermächten

eingesponnen, schaute der Thalrainerhof herüber. Fahrspuren deuteten den Weg an, der zwischen den Schneepflöcken zu dem einsamen Bauernhof hinüberführte. Manchmal flog von den kahlen Bäumen vor dem Hof ein Schwarm Krähen auf.

Durch die hart gefrorene Erde ging es wie Donnerrollen, wenn der Express heranbrauste und dem schwarzen Tunnel zujagte, von dem die Lichter wie von einem gefräßigen Maul verschluckt wurden. Nur der zurückgelassene Dampf wirbelte noch eine kurze Weile vor dem schwarzen Schlund.

Gina zog die Schranken auf und gab die Überfahrt frei. Sie schaute auf das Licht hin, das auf der Straße heranschaukelte. Sie hörte das Trommeln von Pferdehufen und das knarrende Geräusch von Schlittenkufen, noch bevor das Gefährt aus der Dunkelheit auftauchte.

Sie zog sich gegen das Haus zurück, schaute dem Schlitten nach, dessen Kufen jetzt über die Schienen kratzten, und sah ihn wie ein gespenstisches Schattenbild zwischen den Schneepflöcken entweichen.

Der Thalrainer fuhr heim. Entweder kam er vom Dorf oder aus der Stadt, wo er seinen Sohn im Krankenhaus besucht hatte.

Und da sah sich Gina wieder in Gedanken in dem kleinen Krankenzimmer, das sie zuerst voll Furcht und Scheu, dann aber mit wachsendem Mut und Vertrauen betreten hatte. Sie sah, welche Freude ihr Besuch dem Verletzten bereitete.

Jede Woche fuhr sie jetzt einmal zu ihm. Sie durfte eine Stunde und sogar länger bei ihm bleiben. Das letzte Mal hatte die Schwester zu ihr gesagt: »Kommen Sie nur recht oft zu ihm! Er ist danach jedes Mal wie verwandelt und voll Lebensmut. Und gerade den Mut hat er so sehr nötig.«

Der Verband um seinen Kopf war ihm abgenommen worden, nur einzelne rötliche Narben in seinem Gesicht erinnerten noch an seine schweren Verletzungen und über dem rechten Auge trug er eine schwarze Binde.

»Gestern war der Sennhofer da«, erzählte er ihr. »Der Mann tat mir fast Leid, als er zum Schluss versuchte, mich schonend darauf vorzubereiten, welche Folgen seine Tochter aus meinem bedauerlichen Unfall ziehen müsste.«

Peter vermochte dazu sogar zu lächeln.

»Wie hartherzig!«, erwähnte sie nur.

»Ich habe nichts anderes erwartet, Gina. Einen Peter Thalrainer nimmt ein Mädchen wie die Bine nur des Hofes wegen. Ich muss damit rechnen, dass auch mein Vater die Konsequenzen zieht und meinem Bruder den Hof übergibt. Es bleibt ihm ja nichts anderes übrig, wenn schon die Ärzte sagen, dass ich ein Krüppel bleibe. Aber ich sage dir, sie sollen sich alle täuschen! Du glaubst gar nicht, Gina, welche Kraft ich in mir fühle! Ich weiß wohl, dass ich auf den Hof verzichten muss, aber es belastet mich nicht mehr. Hätte ich es doch früher schon getan! Aber du weißt, wie der Mensch ist: Ich habe auf dem Hof gearbeitet von frühester Jugend an und es war nicht immer leicht; mein Vater war sehr streng. Außerdem bin ich der ältere Sohn. Ich wollte nicht freiwillig zurücktreten. Jetzt aber erkenne ich, wie falsch ich es gemacht habe. Als du damals mit deinem Vater in das Bahnwärterhaus vom Zedertal eingezogen bist, war ich sehr neugierig, besonders auf dich!«

Er lächelte verlegen. »Wenn ich auch als Holzfuchs aufgewachsen bin, war ich doch ein junger Bursch wie alle anderen. Aber ich habe dann gesehen, dass du noch sehr jung warst und aus der Stadt gekommen bist. Trotzdem habe ich mich immer gefreut, wenn ich dich irgendwo gesehen habe. Ich weiß nicht, wie ich es dir erklären soll. Ich wollte mich dir nähern und scheute dennoch davor zurück. Du konntest in mir nichts anderes sehen als einen ungeschliffenen Hinterwäldler. Dazu kam dann noch mein Kampf um den Hof, den ich meinem Bruder nicht überlassen wollte. Du verstehst mich schon? In wenigen Jahren wäre er von ihm verwirtschaftet.«

Bevor sie gegangen war, hatte er noch lange ihre Hand gehalten. »Ich weiß, Gina, du hast Mitleid mit mir, aber glaube mir, ich komme wieder auf die Beine! Ich will es und werde es schaffen!«

»Ja, Peter, du wirst es schaffen! Ich glaube daran!«

»Du hast Angst um deinen Vater, den sie zur Rechenschaft ziehen wollen. Aber er ist unschuldig. Ich werde es beweisen, wenn ich erst einmal hier heraus bin, und sollte ich mich auf Krücken bewegen müssen! Das habe ich auch den Beamten von der Polizei gesagt.«

»Peter!«, rief sie mit verhaltener Stimme. »Woran denkst du?«

»Es gibt nur einen Menschen, der mich hasst und mich gern unschädlich machen würde.«

Jetzt war es ausgesprochen, was sie selbst nicht zu sagen wagte.

Sie entzog ihm ihre Hand.

»Wann kommst du wieder, Gina?«, fragte er bittend.

»Bald!«

»Bitte! Und bestelle Grüße an deinen Vater!«

Daran dachte Gina jetzt, als sie dem schaukelnden Licht am Schlitten des Bauern Thalrainer nachschaute. Ob sie mit ihm sprechen sollte, ehe sie das unternahm, was ihr längst schon vorschwebte?

Aber er würde sie zum Haus hinauswerfen.

Jetzt ging es nicht mehr um ihren Vater allein, es ging auch um den Peter, es ging um den Thalrainerhof.

Der Thalrainer stieg aus dem Schlitten, als er vor seinem Haus angelangt war, und übergab die Zügel einem Knecht. »Der Wirt hat wohl gesagt, dass das Pferd gefüttert ist, aber gib ihm nur noch etwas! Ich glaube nicht recht daran.«

»Ist recht, Bauer.«

Thalrainer ging ins Haus und betrat die Stube, die behaglich warm war. Er schlüpfte aus seiner Jacke und den Schuhen und vertrat sich die Beine, die auf dem Schlitten steif geworden waren.

Die Susi trug ihm das Essen auf.

»Ist der Simon daheim?«, fragte er.

»Er muss schon da sein, wenigstens hab ich ihn vor einer Weile aus dem Stall kommen sehen.«

»Dann schau, wo er ist! Er soll zu mir kommen!«

Aber da kam Simon gerade zur Tür herein.

Die Magd ging aus der Stube und der Alte setzte sich an den Tisch und begann mit dem Essen.

»Ich meine, langsam müsstest du auch einsehen, dass es ohne Auto nicht mehr geht, Vater?«, begann der Sohn und kam langsam näher, nahm einen Stuhl und ließ sich breitspurig darauf nieder. »Da fährst du auf dem Schlitten bei der Kälte in der Weltgeschichte herum!«

»Und? War es denn früher anders?«, knurrte der Alte.

»Früher! Wir leben doch jetzt in einer ganz anderen Zeit! Man kommt einfach nicht mehr ohne Auto aus!«

»Ich schon, du vielleicht nicht!«

»Es geht nicht um mich, Vater, aber du musst doch zugeben, wie viel man an Zeit verliert, wenn man im Dorf zu tun hat oder in die Stadt fahren muss!«

Der Alte äugte zu ihm hinüber. »Geht es dir plötzlich gar um die Zeit?«

»Jetzt schon, seitdem ich zu rechnen anfange. Wenn du nichts dagegen hast, werde ich mich zu einem Fahrkurs anmelden. Es ist schon bald lächerlich, dass man im Thalrainerhof noch mit dem Schlitten fährt wie in vorsintflutlichen Zeiten!«

Thalrainer räusperte sich. »Du gibst mächtig an!«

»Ein bisschen Standesbewusstsein ist noch kein Angeben, Vater!«

Diese Rede schien dem Alten zu gefallen, denn er ließ ein brummiges Lachen hören. »Möchtest vielleicht mit dem Auto auf Brautschau fahren?«

»Dieser Vorschlag ist gar nicht so übel!«, entgegnete der Sohn grinsend. »Ein bisschen was will jeder Hochzeiter vorstellen.«

»Hast vielleicht schon eine Braut?«

»Allerdings.«

Thalrainer schob nun den leeren Teller von sich und fuhr mit dem Handrücken ein paar Mal über den Mund. »Schau einer an! Der Jüngste denkt auch schon ans Heiraten!«

»Es dürfte auch notwendig sein, Vater, denn ohne Bäuerin kann ich den Hof nicht übernehmen.«

Der Alte zwickte die Augen zu und schaute auf seine schweren Hände nieder, die er am Tisch aufstützte, um sich zu erheben. Er blieb aber sitzen. Dann nickte er vor sich hin. »Kannst Recht haben; es ist nun einmal so.«

Er stand auf und streckte seinen wuchtigen Körper. »Wenn es deine Braut nach dem Thalrainerhof gelüsten sollte, wirst du ihr auch sagen müssen, dass ein weiterer Sohn da ist, der vielleicht sein Leben lang unterhalten werden muss. Denn Kost und Logis auf Lebzeiten werden wir dem Peter zugestehen müssen.«

»Das ist selbstverständlich, Vater!«

»So? Glaubst du? Nicht jede mag das, wenn ein Pflegebedürftiger im Haus ist, der womöglich recht alt werden kann!«

»Darüber brauchst du dir keine Sorgen zu machen, Vater; es ist alles abgesprochen. Ich hätte dich nur noch um Geld bitten wollen, denn ich habe mich bereits bei einer Fahrschule angemeldet und muss bezahlen.«

»Du bist sehr voreilig!«

»Jetzt im Winter habe ich am besten Zeit dazu. Die Hauptsache ist, dass ich erst einmal die Fahrprüfung habe, den Wagen können wir später kaufen!«

Der Alte zwickte die Augen zu. »Schau dir einer diesen Schlingel an! Er setzt mir einfach die Pistole an die Brust!« Der Ton verriet, dass er es nicht gerade bös meinte.

Simon hatte ein Ohr dafür und erwiderte: »Bei dir muss man es einfach so machen, Vater! Man muss dich überrumpeln.«

Thalrainer ging zum Schrank. Simon wunderte sich, dass er keinen größeren Widerstand entgegensetzte. Das Unglück mit dem Peter hatte ihn etwas mürbe gemacht.

»Wie viel kostet der Kurs?«

Simon nannte ihm die Summe.

Der Alte dreht sich um und sperrte die Augen auf. »Was? So viel?«

»Für einen Fahrkurs ist das nicht viel. Das kann sich heute jeder leisten.«

»Ja, weil jetzt jeder ein Apotheker ist!«, murrte Thalrainer und holte das Geld aus dem Schrank. Er zählte es auf den Tisch und Simon steckte es ein.

»Dank schön!«, sagte er.

»Du weißt, was ich von dir erwarte!?«, brummte der Alte.

»Du kannst dich auf mich verlassen!«

»Und deine Freundin will ich zuerst sehen und mit ihr sprechen, bevor schon etwas ausgemacht oder versprochen wird. Verstanden?«

»Du kennst sie, Vater, und wirst auch mit ihr zufrieden sein!«

»Das muss sich erst herausstellen. Vorläufig bin immer noch ich der Bauer auf dem Hof.«

»Du siehst, ich bin sehr zuversichtlich.«

»Das warst du immer, weil ich dir viel zu viel nachgesehen habe! Aber in diesem Punkt geht es um mehr! Hier geht es um alles!«

»Ich verstehe, Vater. Wann darf ich dir meine Freundin vorstellen? Morgen?«

»Meinetwegen.«

»Gut, morgen sollst du deine Schwiegertochter sehen, Vater!«, versprach Simon und grinste so eigenartig, dass der Alte ihn zurückrief, als er bereits nach der Türklinke griff.

»Wer ist dieses Mädchen?«

»Willst du dich nicht lieber überraschen lassen, Vater?«

»Ich will wissen, woher sie kommt.«

»Aus dem Sennhof.«

Der Alte machte zunächst ein Gesicht, als hätte man ihm vor seinen Augen die Geldbörse aus der Tasche gestohlen. Dann schluckte er ein paar Mal geräuschvoll. »Jetzt brauchst du nur noch zu sagen –«

»Jawohl, die Bine ist's! Bist du jetzt zufrieden?«

Aber das Gesicht des Alten versteinerte sich zusehends. Er sagte lange nichts und schaute nur mit flackernden Augen auf seinen Sohn, maß ihn von oben bis unten und schnaufte mit bebenden Nasenflügeln.

»Was ist denn?«, fragte Simon bestürzt.

»Drei Wochen lang ist der andere auf Leben und Tod dagelegen, ein Auge musste ihm herausoperiert werden, heute weiß man noch nicht, wie und ob er überhaupt seine Glieder noch gebrauchen kann. Und da kommst du nun daher –«

»Ist es dir vielleicht nicht recht?«

»Was soll mir recht sein?«, brüllte der Alte.

»Ich meine, wenn ich die Bine –«

»Geh!«, schrie der Alte und ballte die Hände. »Hörst du? Geh mir aus den Augen!«

Das kam für Simon unerwartet. Verständnislos schüttelte er den Kopf und schlich sich hinaus.

Das Architektenbüro Ammon befand sich am Hauptplatz der Stadt, auf dem lebhafter Verkehr herrschte.

Als Gina vor dem großen Haus stand und die Namenschilder neben der doppelflügeligen Eingangstür las, klopfte ihr Herz zum Zerspringen.

»Arno Ammon, Architekt«, las sie auf einem der Schilder. »Zweiter Stock rechts. Bitte, Lift benützen!«

Es war ein trüber, kalter Wintertag. Durch die Luft wirbelten Schneeflocken und über den Platz zog ein kalter Nordwind. Selbst mitten am Tag brannte in den Läden Licht.

Es war ein Tag, so recht der Stimmung angepasst, in der sich Gina befand. Ihr Vater hatte gestern die schriftliche Aufforderung bekommen, vor dem Vernehmungsrichter zu erscheinen, und meinte, das bedeute die Untersuchungshaft.

Noch war allerdings kein Ersatz für ihn gekommen, aber das konnte ja noch geschehen, denn es waren noch acht Tage hin bis zu dem Termin.

Sie hatte gesehen, in welche Furcht und Hoffnungslosigkeit dieses Schreiben den Vater gestürzt hatte. Er hatte sich hingesetzt und sein Gesicht in die Hände vergraben.

»Jetzt ist es so weit!«

»Du brauchst nur wieder zu sagen, dass du nach dem Zug die Schranken geöffnet hast und dass ich es bezeugen und sogar beschwören kann!«, wollte sie ihn ermutigen.

»Man wird uns nicht glauben!«

»Man muss uns glauben!«, rief sie leidenschaftlich.

»Mein armes Kind, was wird denn aus dir, wenn sie mich jetzt monatelang einsperren und dann aus dem Dienst entlassen?«, jammerte er.

Sie musste ihm lange zureden, bis er sich wieder so weit erholt hatte, um seine Strecke abgehen zu können. Dann war sie in ihrer Verzweiflung zum Thalrainerhof hinübergelaufen. Dem Simon, der ihr in den Weg kam, wich sie aus.

»Lass mich, ich muss zu deinem Vater!«

Da merkte er, dass etwas Besonderes vorgefallen war. »Warum? Was ist denn los?«

Sie ließ ihn stehen und lief ins Haus.

Der Bauer stand gerade am Ofen und lehnte mit dem Rücken an den warmen Kacheln. Sein graues Haar stand struppig in die Höhe.

»Du bist's? Was ist los? Grad recht, dass du kommst! Ich wollte dir schon lange sagen, dass du dem Peter mit deinen Besuchen einen guten Dienst erwiesen hast. Anscheinend liegt es dir, einen Menschen zu trösten und aufzurichten. Er trägt jetzt sein Schicksal viel mutiger und hat sogar wieder Hoffnung.«

Sie wusste nicht, ob er das wirklich ernst oder nur spöttisch meinte. Im Augenblick kümmerte sie sich nicht darum, sondern sprach mit tränenerstickter Stimme von ihrer Sorge um den Vater, der nun doch vor Gericht gezerrt würde.

Der Bauer aber winkte gelassen ab. »Ich habe ihn nicht angezeigt, darum wird es nicht so schlimm werden.«

»Aber man wird keine Ruhe geben, bis der Fall aufgeklärt und der Vater für schuldig befunden ist!«

»Liebes Dirndl, dagegen kann auch ich nichts machen. Es tut mir ehrlich Leid um dich und auch um deinen Vater. Aber was will unsereiner gegen die Behörden machen? Die gehen nach ihren Vorschriften und Paragraphen. Ich kann höchstens bezeugen, dass dein Vater ein gewissenhafter Bahnwärter ist, und das will ich gern tun.«

Damit war die Unterredung schon wieder beendet. Natürlich konnte der Bauer nichts für sie tun. Was hatte sie denn von ihm erwartet? Vielleicht, dass er zum Gericht fährt und mit der Faust dort auf den Tisch schlägt in seiner rauen, gewalttätigen Art? Aber was hätte es genützt?

In der Nacht fasste sie dann den Entschluss, Herrn Ammon aufzusuchen und ihn um Rat und Hilfe zu bitten. Er war ihnen immer wohlgewogen gewesen und würde gern helfen. Er war ein erfahrener und einflussreicher Mann.

Nun stand sie vor dem großen Haus und scheute

sich, es zu betreten. Aber der Gedanke, dass man den Vater doch noch schuldig sprechen und einsperren könnte, was ihn um seine Stellung bei der Bahn und um alle Hoffnung bringen würde, ließ sie schließlich die Angst überwinden. Sie betrat den Gang und fuhr mit dem Lift zum zweiten Stock hinauf. Dort angelangt, suchte sie den Eingang zum Architektenbüro, holte tief Atem und drückte dann herzhaft auf den Klingelknopf.

Darauf wurde ihr von einer jüngeren Angestellten geöffnet, die sie fragte, was sie wünsche.

»Kann ich, bitte, Herrn Ammon sprechen?«

»In welcher Angelegenheit?«

Diese Frage brachte Gina in Verlegenheit. Sie wusste nicht, was sie darauf antworten sollte.

Die junge Angestellte schien daraus sogleich ihre Schlüsse zu ziehen, denn ihr Lächeln wurde vertraulich. »Sie meinen wohl den Junior, Herrn Roland?«, fragte sie.

»Nein, den Architekten Ammon.«

»Wie ist ihr Name?«

Gina nannte ihren Namen und die Angestellte schwebte davon.

Wie gut, Herr Ammon war wenigstens da und sie war sicher, dass er sie empfangen würde.

Da kehrte auch schon die Empfangsdame zurück und schaute ihr weit freundlicher entgegen als vorhin. »Bitte, kommen Sie mit!«

Und dann stand sie vor Herrn Ammon. Er trug einen weißen Arbeitsmantel und rauchte eine Zigarette, die er jetzt weglegte, bevor er ihr entgegenkam. »Wie nett! Meine Nachbarin aus dem Zedertal!«, sagte er freundlich lächelnd und reichte ihr die Hand. »Bitte, nehmen Sie Platz!«

Er schob ihr einen gepolsterten Sessel zu, setzte sich selbst wieder an den Tisch und griff nach seiner Zigarette. »Was verschafft mir die Ehre eines solch unerwarteten Besuches?«

»Die Verzweiflung, Herr Ammon!«

»Aber, aber! Dazu ist doch wohl kein Grund! Der Winter geht vorbei, es kommt wieder ein Frühling und dann ist es wieder herrlich im Zedertal!«

Sie erzählte ihm jetzt von der gerichtlichen Vorladung, die sie befürchten ließ, dass man den Vater nun wegen des schweren Unfalls am Bahnübergang zur Verantwortung ziehen würde. Zuerst sprach sie ruhig und schüchtern, dann aber geriet sie immer mehr in Erregung und beschwor schließlich leidenschaftlich, dass der Vater nach dem letzten Abendzug die Schranken geöffnet habe. Aber niemand wolle ihr Glauben schenken, nur der verletzte Thalrainersohn. Sie erzählte ihm die ganze Geschichte, wie sie in der Nebelnacht bis zur Lampe gegangen war, um zu sehen, dass sie auch wirklich brenne. Sie könne sich genau daran erinnern, dass sie an den geöffneten Schranken hinaufgeschaut habe.

Herr Ammon sagte lange nichts. Man merkte ihm an, dass das Mädchen ihm Leid tat. Aber was konnte man hier überhaupt tun? Es gab keine weiteren Zeugen.

»Aber die Schranken waren doch geschlossen, als das Unglück geschah?«

»Ja.«

»Dann müsste sie ja jemand geschlossen haben,

nachdem Sie und Ihr Vater wieder ins Haus zurückgekehrt waren!«

»Ja, so ist es, Herr Ammon!«

»Aus Unfug? Aber es kommt doch um diese Zeit niemand mehr auf dieser Straße vorbei!«

»Es war in der Kirchweihnacht, da sind viele junge Leute noch unterwegs, die vom Tanzen kommen.«

»Und betrunken sind«, fügte er mit verständnisvollem Lächeln hinzu. »Sie haben Recht, aber was lässt sich da beweisen? Wenn die Schranken geschlossen werden, schlägt doch kräftig mehrmals die Glocke an?«

»Ja.«

»Und Sie haben nichts gehört?«

»Nein, sonst wären wir hinausgegangen und hätten die Schranken wieder geöffnet, auch wenn wir von dem Spaßvogel nichts mehr gesehen hätten.«

»Wie erklären Sie sich das?«

»Man kann die Schranken geräuschlos schließen, wenn man den Klöppel der Glocke festhält.«

»Aber dann müssten zwei am Werk gewesen sein.«

Sie nickte. »Ja, einer lässt die Schranken herab, der andere hält den Klöppel fest.«

Er betrachtete eine Weile ihr Gesicht. »Haben Sie vielleicht einen Verdacht, Gina?«, fragte er plötzlich.

Sie zögerte.

»Außer den Leuten vom Thalrainerhof kommt doch kaum jemand am Bahnwärterhaus vom Zedertal vorbei? Hin und wieder vielleicht einmal ich«, fuhr er fort. »Wissen Sie sonst jemanden? Ich möchte Ihnen von Herzen gern helfen, Gina. Wenn wir bloß einen Anhaltspunkt hätten, würde ich meinen Anwalt damit beauftragen. Auf alle Fälle könnten wir dadurch für Ihren Vater einen Aufschub erreichen, also Zeit gewinnen. Sie dürfen mir alles anvertrauen!«

Man merkte ihr an, dass sie sich noch sträubte, ihre geheimsten Gedanken preiszugeben, mit denen sie sich all die Zeit beschäftigt und herumgequält hatte. Sie fürchtete sich vor den schrecklichen Folgen, die es nach sich ziehen könnte, vergleichbar mit einem kleinen Anlass, der eine Lawine auslöst, die dann Tod und Vernichtung bringt.

»Wenn Sie irgendeinen Verdacht haben, dann verraten Sie ihn mir!«, sagte er. »Ich werde gern der Sache nachgehen.«

Sie wusste, dass er ihr helfen wollte und dass sie ihm alles anvertrauen musste, und mit verzweifeltem Mut begann sie mit ihrer Aussage. Zunächst schilderte sie ihm die Verhältnisse im Thalrainerhof, die Rivalität und Feindschaft zwischen den beiden Söhnen, die von ihrem Vater so ungleich behandelt wurden, von den Streitigkeiten, die es oftmals gegeben hatte, und schließlich von dem Verrat, den der jüngere Simon an dem älteren Peter zu begehen versuchte, indem er sich an seine Verlobte heranmachte und sie für sich gewinnen wollte, in der Hoffnung, dadurch auch in den Besitz des Thalrainerhofs zu kommen.

»Am Kirchweihsonntag ließ sich die Sennhofertochter vom Simon abholen, obwohl sie mit dem Peter verabredet war«, setzte Gina ihren Bericht fort. »Er holte sie zusammen mit seinem Freund und einigen Freundinnen im Wagen ab und nahm sie mit hinauf ins Landhaus. Der Peter hatte schon längst einen Verdacht, dass die beiden ein hinterhältiges Spiel mit ihm treiben, es war für ihn deshalb nicht schwer, das Pärchen aufzuspüren und das Mädchen wegzuholen. Aber er rechnete wohl nicht damit, dass es zu einem solchen Ende kommen würde.«

Herr Ammon hatte ihr mit hochgezogener Stirn und steigendem Unmut zugehört. »Mit dem Landhaus ist wohl mein Landhaus gemeint?«

Gina nickte und schaute ihn ängstlich an, als hätte sie von ihm jetzt eine strenge Zurechtweisung zu erwarten.

»Sie sprachen doch auch von Freundinnen«, erinnerte er sich. »Wer sind die?«

»Ich kenne sie nicht, sie kommen wahrscheinlich aus der Stadt. Nur eines dieser Mädchen ist mir mit dem Namen Lola bekannt.«

»Soll das heißen, dass in meinem Landhaus öfter solche Zusammenkünfte gepflegt werden?«, fragte er streng.

Gina zögerte. »Ich habe nicht darauf geachtet, aber ich vermute es. An jenem Tag, als der Simon vom Militär entlassen wurde, hat er mich überredet, mitzukommen. Aber ich bin gleich wieder davongelaufen.«

Herr Ammon schaute sie mit hochgezogener Stirn an. »Warum? Gefiel es Ihnen nicht?«

»Nein.«

»Was geschah denn bei diesen Festen?«

»Es wurde getanzt, getrunken und –«

Sie brach ab und schaute verlegen vor sich nieder.

Der Architekt fragte nicht mehr weiter. »Warum haben Sie mir das nicht schon längst gesagt, Gina?«

»Es war mir unangenehm«, gestand sie.

Eine Weile fiel kein Wort. Dann griff Herr Ammon plötzlich nach dem Telefonhörer, nahm ihn ab und wählte eine Nummer.

»Guten Tag, Doktor!«, sagte er in die Muschel, als die Antwort kam. »Hier spricht Ammon. Können Sie es möglich machen, mich heute abend zu besuchen? – Ja, es ist sehr dringend! – In meiner Wohnung. – Danke! Wiedersehen!«

Er legte den Hörer in die Gabel zurück.

Dann erhob er sich. »Wir werden die Geschichte schon herauskriegen, Gina. Bestellen Sie einen schönen Gruß an Ihren Vater! Er soll nur nicht den Kopf verlieren. Ich habe einen sehr tüchtigen Anwalt, und wenn wir ein stichhaltiges Argument vorbringen können, werden wir auch einen Aufschub bei Gericht erwirken.«

Gina standen die Tränen in den Augen, als sie nach der Hand des Mannes griff. »Ich danke Ihnen, Herr Ammon!«

Er begleitete sie noch bis zur Tür.

Gedankenverloren wanderte sie durch die Straßen ihrer Heimatstadt, in der sie niemanden mehr kannte und auch von niemandem mehr erkannt wurde. Die vier, fünf Jahre, die sie nun draußen im einsamen Zedertal zugebracht hatte, hatten sie vom halbwüchsigen Mädchen zur jungen Frau heranreifen lassen.

Komisch, die Stadt übte keinerlei Anziehungskraft mehr auf sie aus. Im Gegenteil, die Straßen, mit schmutzigem Schnee bedeckt, der lebhafte, laute Verkehr, die dicht aneinander gereihten Häuser waren nicht vergleichbar mit der Reinheit, der Stille und der Freiheit des Zedertales.

Sie hatte kein Heimweh mehr nach der Stadt.

Sie überdachte noch einmal die Unterredung mit Herrn Ammon und erinnerte sich seiner Worte, die er ihr zum Schluss noch als Trost gesagt hatte. Sie befand sich zwischen Furcht und Hoffen, als sie ihren Weg zum Krankenhaus hinauf nahm, um den Peter zu besuchen.

Ammon war schon seit mehreren Jahren Witwer. Bei reger Bautätigkeit in der Stadt selbst und auf dem außerhalb liegenden Siedlungsgelände war er sehr beschäftigt. Das war wohl mit ein Grund dafür, dass er immer noch mit seinem Sohn Roland allein war. Nach Büroschluss nahm er ihn mit in sein Stammlokal zum Abendessen, darauf trennten sich gewöhnlich ihre Wege, denn Herr Ammon hatte oft noch geschäftlich zu tun und kam spät in der Nacht heim in seine Wohnung, die von einer älteren Hausangestellten betreut und in Ordnung gehalten wurde.

Auch heute speisten Vater und Sohn gemeinsam in ihrem Lokal. Ammon senior machte an diesem Abend einen müden, abgespannten Eindruck, deshalb nahm Roland seine Schweigsamkeit nicht tragisch. Es gab oft geschäftlichen Verdruss, der den Vater einige Tage verstimmte und lustlos machte. Das änderte sich wieder.

»Ich hoffe, du hast heute abend nichts Besonderes vor«, sagte Herr Ammon plötzlich in das Schweigen.

»Warum? Heute ist Mittwoch, da haben wir unser Training. Das weiß du doch, Vater!«

»Auf dieses Training wirst du verzichten, denn wir haben heute eine wichtige Unterredung, wozu deine Anwesenheit unbedingt erforderlich ist.«

Das schien dem Sohn schon gar nicht zu gefallen. »Aber ich kann die Kumpels doch nicht einfach im Stich lassen!«

»Deine Kumpels« – er legte auf das Wort Kumpels einen besonderen Nachdruck – »werden einmal ohne dich auskommen. Es lässt sich nicht anders machen.«

Nun fiel dem Sohn im Ton des Vaters doch etwas auf. Er warf ihm einen unsicheren Blick zu. »Worum geht es denn?«, fragte er.

»Das lässt sich mit ein paar Sätzen nicht sagen. Du wirst es schon noch hören.«

Zusammen fuhren sie heim in die Wohnung.

Sie blieben noch eine Weile allein. Ammon blätterte in einer Fachzeitschrift und schaute ab und zu auf die Uhr. Sein Sohn saß gelangweilt in einem Sessel und machte den Eindruck eines seiner Freiheit beraubten Vogels.

»Wen erwartest du überhaupt, Vater?«, fragte er in das Schweigen.

»Nur unseren Anwalt, Doktor Frey.«

»Ich finde, du machst die Sache sehr spannend!«

»Ich fürchte auch, dass wir eine recht unliebsame Überraschung erleben werden.«

»Geschäftlich?«

Ammon wurde seiner Antwort enthoben, denn eben läutete die Hausglocke. Er ging hinaus, um zu öffnen, und kam dann mit dem erwarteten Besuch zurück.

Rechtsanwalt Dr. Frey war ein kräftiger Mann mittleren Alters mit einem klugen Gesicht und von ruhiger, sogar etwas trockener Art. Man sah ihm aufs Erste nicht an, mit welcher Redegewandtheit er eine Sache zu vertreten vermochte, die er einmal übernommen hatte.

Ammon wusste es, denn er hatte schon manchen seiner Streitfälle von diesem Anwalt erfolgreich ausfechten lassen.

Sie begrüßten sich wie gute Freunde, auch Roland reichte der Anwalt freundlich die Hand. Es kamen Gläser auf den Tisch, die der Architekt mit einem auserlesenen Getränk füllte. Man stieß gegenseitig an und trank sich zu. Man gab sich sogar eine Weile einer ganz gemütlichen Unterhaltung hin.

Dann aber setzte sich Ammon bereit. »Ich meine, wir wollen nun zur Sache kommen, Doktor«, sagte er und schlug einen anderen Ton an.

»Ich bitte darum, Ammon!«

»Wie Sie wissen, habe ich draußen im Zedertal ein Landhaus. Mein einziger Nachbar dort, wenn man so sagen kann, ist der Bahnwärter. Es steht wohl noch ein einzelner großer Bauernhof da, aber er ist schon wieder etwas weiter entfernt. Ich komme also nur gelegentlich mit dem Bahnwärter und seiner Tochter in Berührung, das heißt, sie sind die einzigen Menschen, denen ich dort begegne. Es sind anständige, nette Leute, der Mann macht gewissenhaft seine Streckengänge durch den Tunnel, er schließt die Schranken, wenn ein Zug kommt, und so weiter. Seine Tochter führt den Haushalt und unterstützt den Vater in seinem Dienst. Und da geschieht im vergangenen Herbst – es war in der Nacht vom Kirchweihsonntag auf Montag – ein schweres Unglück. Der Sohn des Thalrainer rast bei starkem Nebel mit seinem Motorrad in die geschlossenen Schranken, kommt knapp mit dem Leben davon, verliert jedoch ein Auge und liegt heute noch im Krankenhaus. Natürlich wurde gegen den Streckenwärter Anzeige erstattet, weil die Schranken ohne Anlass geschlossen waren, denn um diese Zeit kommt kein Zug mehr durch. Sowohl der Schrankenwärter als auch seine Tochter beteuern jedoch, dass die Schranken geöffnet waren, bevor sie schlafen gingen. Deshalb hat sich auch das Verfahren so lange hingezogen. Ich persönlich bin davon überzeugt, dass die beiden Leute die Wahrheit sagen, aber sie können es nicht beweisen. Es besteht also die Gefahr, dass der Streckenwärter zur Verantwortung gezogen und bestraft wird für eine Tat, die er nicht begangen hat. Und das möchte ich unter allen Umständen verhindern. Deshalb habe ich Sie heute zu mir gebeten, Doktor.«

Der Rechtsanwalt machte sich einige Notizen. »Die Schranken waren zum Zeitpunkt des Unfalls geschlossen«, wiederholte er. »Sowohl der Bahnwärter als auch seine Tochter vermögen sich daran zu erinnern, dass sie nach der Durchfahrt des letzten Zuges geöffnet wurden.«

»Dann müsste jemand anderes die Schranken unbefugterweise geschlossen haben«, fuhr Doktor Frey fort. »Vielleicht wollte er nur einen üblen Scherz machen oder dem Bahnwärter einen Streich spielen. Aber dafür fehlen jegliche Beweise.«

»Ganz richtig!«

»Wir brauchen also einen Zeugen, um eine sofortige Einstellung des Verfahrens gegen den Streckenwärter zu erwirken. Gibt es einen solchen?«

»Ich vermute, ja.« Ammon warf seinem Sohn einen sehr bedeutsamen Blick zu und sah ihm sogleich die Unruhe an, von der er befallen wurde.

»Unbekannt?«, fragte der Anwalt.

Ammon schüttelte den Kopf. »Ich möchte dazu jetzt meinen Sohn zu Wort kommen lassen; er kann uns nämlich Näheres darüber erzählen.«

Aus dem Gesicht Rolands entwich alle Farbe. »Ich? Wieso ich, Vater? Ich habe damit nichts zu tun!«

»Du sollst uns nur erzählen, was in jener Nacht geschehen ist!«

»Ich sage dir doch, das ich nichts weiß!«

»Kannst du mir wenigstens sagen, wo du zu dieser Zeit gewesen bist?«

Roland tat, als wollte er sich darauf besinnen.

»Du warst in unserem Landhaus«, half der Vater ihm nach.

»Das kann schon sein.«

»Es kann nicht nur sein, sondern es ist so!«

»Du hast mir die Erlaubnis gegeben, zum Landhaus zu fahren, wenn ich dazu Lust hätte! Erinnerst du dich?«

»Das steht nicht zur Debatte«, erwiderte Ammon schroff. »Ich will wissen, wer bei dieser Gesellschaft anwesend war.«

»Nur ein paar Freunde.«

»Wahrscheinlich auch noch Freundinnen, nicht wahr?«

»Ja, die Verlobte vom Thalrainer Simon. Du weißt doch, wir waren beim Militär zusammen, sogar auf der gleichen Stube. Ich habe ihn eingeladen, wir haben etwas getrunken und dann getanzt. Aber was hat das mit dem Unfall am Bahnübergang zu tun?«

Ammon ließ ihn nicht aus seinen strengen Augen. »Je schneller du uns die Wahrheit sagst, desto besser ist es für dich! Ich will nämlich nicht annehmen, dass es dir völlig gleichgültig sein kann, dass ein unschuldiger Mensch vor das Gericht gezerrt wird! In diesem Punkt hört die Freundschaft auf, mein Sohn! Warst du an diesem Unfug beteiligt oder nicht?«

»Ich war nicht beteiligt!«

»Aber du weißt davon?«

Roland schwieg hartnäckig.

Ammon wartete eine Weile. »Gut«, sagte er dann entschlossen. »Wenn du uns keine Antwort geben willst, überlassen wir dich der Polizei. Die wird es dann aus dir schon herausquetschen. Jedenfalls darfst du davon überzeugt sein, dass ich auf dich keinerlei Rücksicht nehme, wenn es gilt, unschuldige Menschen wie diesen Streckenwärter und seine Tochter vor Unglück zu bewahren. Was in dieser Nacht geschehen ist, ist ein Verbrechen, ein ganz niederträchtiges dazu! Und wenn du dich noch länger vor deinen sauberen Freund Simon Thalrainer stellst, bist du der gleiche Verbrecher! Das sage ich dir vor Doktor Frey!«

Wie Fausthiebe sausten diese Worte auf Roland nieder. Dann stand Ammon auf und ging erregt hin und her. »Überlege dir das«, sagte er. »Ich lasse dir ein paar Minuten Zeit. Entweder sagst du uns die volle Wahrheit, oder ich ersuche Herrn Doktor Frey, dich wegen Deckung eines Verbrechens zur Anzeige zu bringen. Du hast die Wahl!«

Unter dieser Drohung brach der Sohn bald zusammen. Plötzlich fing er an zu sprechen: »Wir brachen ungefähr gegen Mitternacht im Landhaus auf, setzten uns ins Auto, um in die Stadt zurückzufahren. Auch der Simon fuhr bis zum Bahnübergang mit. Dort ist er ausgestiegen. Er sagte zu mir, dass er dem Bahnwärter einen kleinen Streich spielen wolle, vor allem wegen Gina, die ihm einmal eine Abfuhr erteilt hatte. Ich fragte ihn, was er denn vorhabe, und da sagte er, dass er die Schranken schließen wolle; denn dadurch könnte er sie mächtig erschrecken, wenn sie morgen früh sähen, dass sie das vergessen hätten. Passieren könne ja nichts, weil um diese Zeit hierherum kein Mensch mehr unterwegs sei. Ich solle ihm doch helfen und den Glockenklöppel festhalten, damit er nicht anschlüge, denn sonst würden sie es vielleicht hören. Ich bin allerdings nicht mitgegangen, weil schon die Lola aus dem Wagen gesprungen war, um ihm zu helfen.«

»Wer ist die Lola?«, fragte Ammon.

»Ein Mädchen, das mit dabei war.«

Ammon ging nicht weiter darauf ein. »Weiter!«, befahl er.

»Nach einer Weile kam die Lola zurück und erzählte, dass alles wunderbar geklappt habe. Dann fuhren wir zurück zur Stadt. Wir haben wirklich gemeint, dass es sich nur um einen Spaß handle.«

»Ein sauberer Spaß, wenn dabei fast ein Mensch elendig zugrunde geht!«, zürnte der Architekt. »Oder hast du vielleicht nichts davon gehört, was in der gleichen Nacht noch an den Schranken passiert ist?«

»Doch.«

»Aber du hast nichts gesagt, obwohl es dir klar sein musste, dass man den Bahnwärter zur Verantwortung ziehen würde! Du hättest vielleicht zugeschaut, wenn man den Mann vor ein Gericht gestellt und eingesperrt hätte! Wie? Nur um deinen Freund Simon Thalrainer nicht zu verraten! Und wenn ich dir nun sage, dass es kein bloßer Unfug war, sondern ein vorsätzlicher, niederträchtiger Anschlag deines Freundes auf seinen Bruder, was sagst du nun dazu?«

»Das kann doch nicht wahr sein!«, rief Roland erbleichend.

Ammon wandte sich wieder an den Rechtsanwalt. »Bitte, Doktor, übernehmen Sie das Weitere in meinem Auftrag! Die beiden Leute wissen sich ja nicht zu helfen, sie leben in der ständigen Angst, vor Gericht gezerrt zu werden. Außerdem würde der Mann seine Stellung verlieren. Es muss sofort etwas geschehen.«

Der Anwalt schrieb immer noch an seinen Notizen und nickte. »Ich werde sofort alles in die Hand nehmen.«

Ammon wandte sich an seinen Sohn. »Du kannst nun zu deinem Training gehen, wenn du noch Lust dazu hast.«

Aber Roland schüttelte zerknirscht den Kopf, verabschiedete sich und ging aus dem Zimmer.

Es ging auf Weihnachten zu, der Föhn war über die Berge hereingebrochen und hatte vorübergehend Tauwetter gebracht. Von den Bäumen fiel nasser Schnee, von den Dachrinnen lösten sich die schweren Eiszapfen, überall rann und gluckste das Wasser. Die Nacht war angebrochen, als der Thalrainer mit schweren Schritten auf dem Weg vom Dorf ins Zedertal war. Lange schon sah er das Licht vom Bahwärterhäuschen entgegenschimmern, ohne ihm näher zu kommen; es war, als wanderte es im gleichen Tempo vor ihm her.

Als er es endlich erreicht hatte, stand Gina gerade mit der Laterne vor dem Haus und wartete auf den Express. Die Schranken standen noch offen, denn es war noch etwas zu früh, sie zu schließen.

»He! Du!«, rief der Bauer von der Straße her. »Ich soll dich vom Peter grüßen!«

Sie war über den plötzlichen Anruf erschrocken. »Dank schön! Wie geht es ihm?«

Er kam näher und sein breites Gesicht verriet, dass er Freudiges mitzuteilen hatte. »Denk dir, er kann jetzt bereits ein wenig die Füße bewegen!«

»Wirklich? Das wäre ein großes Glück!«

»Da hast du Recht; man hat gleich wieder etwas Hoffnung. Er sagt, er habe seinen Mut dir zu verdanken, du hättest die Gabe, einen Menschen in seiner Hoffnungslosigkeit aufzumuntern, dass man sich gleich besser fühle.«

»Das ist nicht wahr«, antwortete sie verlegen. »Es sind die Medikamente und die Behandlungen, die allmählich wirken.«

»Er sagt, du hättest ihm den Glauben an eine Besserung gegeben. Und das ist mehr wert als alle Medikamente! Ich dank dir dafür, dass du ihn so oft besuchst!«

»Das ist wohl meine Pflicht!«

»Pflicht? Wieso?«

»Wenn wir schuld an seinem Unglück sind, wie man sagt, gehört es sich wohl, dass wir uns um ihn kümmern.«

»Wer spricht denn von Schuld? Es war einfach ein Unglück!«

»Das Gericht wird etwas anderes sagen!«

»Das wissen wir noch nicht. Die Hauptsache ist, dass der Bub an eine Besserung glaubt, das bringt ihm auch die Kraft zurück.«

Jetzt war es Zeit, die Schranken zu schließen. »Wollen Sie noch rüber, Thalrainer?«, fragte sie. »Ich muss jetzt die Schranken zumachen; der Express fährt durch.«

»Ja, ich geh. Gute Nacht, Dirndl!«

»Gute Nacht!«

Als er über dem Bahnübergang war, ließ sie die Schranken herab. Laut schlug mehrmals die Glocke an.

Thalrainer hatte fast sein Gehöft erreicht, als der Zug hinter ihm vorbeidonnerte und hell beleuchtet und eine Rauchschlange zurücklassend dem Tunnel zujagte und darin verschwand.

Die Schienen kreischten und wie einen Schrei warf der Felsschacht den Donner zurück, als der Zug hineinfuhr.

Der Bauer blieb stehen und schaute hinauf, eine Weile schimmerte noch das rote Schlusslicht auf, dann verschwand es. Ringsum war wieder graue Nacht und Stille. Vom Bahnwärterhaus herüber schlug die Glocke an. Gina öffnete die Schranken.

Der Bauer ging weiter und atmete schwer.

Da hörte er vom geöffneten Scheunentor her, aus dem ein trübes Licht fiel, lautes Schreien und Lamentieren. Es hörte sich nach einem heftigen Streit an.

Thalrainer ging dem Geschrei nach und fand hinter dem Tor seinen Sohn und einen Knecht in einer Auseinandersetzung vor. Man konnte befürchten, dass sie sich auch noch in die Haare kamen.

»Was ist denn hier los?«, schrie der alte Bauer mit seiner mächtigen Stimme dazwischen. »Man hört euch bis zum Bahnwärterhaus hinüber! Seit wann geht es auf dem Thalrainerhof so zu?«

Beide, Simon und der Knecht, starrten ihn zunächst überrascht an.

»Seitdem der da den Hof führt!«, antwortete der Knecht trotzig. »Er hält mir vor, das Häcksel zu groß geschnitten zu haben! Ausgerechnet er, der überhaupt nichts von der Arbeit versteht! Wir machen unsere Arbeit so, wie der Peter sie angeordnet hat!«

»Halt 's Maul!«, brüllte Simon. »Jetzt schaffe eben ich an und nicht mehr der Peter!«

»Dann kannst mir meine Papiere herrichten, denn ich bleib keinen Tag mehr länger!«

»Schluss jetzt!«, brüllte der Bauer.

Augenblicklich war es still.

Der Alte wandte sich an seinen Sohn: »Du gehst jetzt hinein, denn mit dir habe ich einiges zu besprechen. Und du«, richtete er das Wort an den Knecht, »du wirst mir jetzt schön ruhig erklären, was vorgefallen ist. Der Bauer bin immer noch ich!«

Simon wollte sich noch nicht verdrängen lassen und blieb stehen.

»Du hörst wohl schlecht? Gehen sollst, hab ich gesagt!«, brüllte der Alte.

Simon verschwand ins Haus.

Der Thalrainer kam bald nach. Die Susi wollte für ihn das Essen auftragen, aber er winkte ab. »Später, Susi! Lass uns allein!«

Die Magd verschwand wieder.

Simon saß mit vorgebeugtem Oberkörper auf der Wandbank und ließ seinen Blick dem Vater folgen, der seinen Hut ablegte und aus seiner Jacke schlüpfte.

»Wenn du mir in den Rücken fällst, ist natürlich der Respekt bei den Leuten bald beim Teufel!«, sagte er knurrend.

»Wenn du willst, dass die Leut vor dir Respekt haben, musst du dich anders aufführen und nicht wie ein Kindskopf!«

»Soll ich mich vielleicht von einem Knecht belehren lassen?«

»Wenn er es besser weiß als du, dann schon!«, höhnte der Alte. »Ich hoffe, das nächste Mal stellst du dich etwas vernünftiger an! Die Sache ist in Ordnung gebracht und nun – Schwamm darüber. Ich habe mit dir etwas ganz anderes zu besprechen!«

Simon schaute dem Vater nach, wie er die Stube durchwanderte. Es schien ihn zu stören und nervös zu machen. »Magst du dich nicht wenigstens hinsetzen, Vater? Wenn wir uns schon ruhig zu besprechen haben?«

»Ruhig? Hab ich etwas von ruhig gesagt? Ich fürchte, so ruhig wird sich das nicht erledigen lassen!«

»Warum? Was ist los?«

»Erstens habe ich dir zu sagen, dass mir die Sennhofertochter nicht ins Haus kommt! Da ist es bei mir vorbei, wenn eine vom Ersten abspringt, weil er auf den Tod krank ist, und sich gleich an den Zweiten hängt! Das habe ich auch den Sennhofer wissen lassen. Lieber verschenke ich meinen Hof an den nächstbesten Notnagel, als dass ich ihn mir abgaunern lasse! Verstehst mich?«

Man sah jetzt dem Gesicht Simons an, wie der Trotz daraus verschwand und tiefem Erschrecken Platz machte. »Das kannst und darfst du nicht tun, Vater! Es geht um das Glück zweier junger Menschen! Wir lieben uns, die Bine und ich!«

Der Alte blieb stehen und schaute sich nach ihm um. »Um so schlimmer! War sie die Verlobte vom Peter? Oder war sie es nur zum Schein, damit ihr beide euch zusammentun könnt? Es ist leider wahr und ich kann es jetzt nicht genug beklagen, dass ich dir immer zu viel nachgesehen habe und meine ganze Strenge am Peter ausgelassen habe, der mir kaum einmal einen Verdruss gemacht hat. Er war fleißig, tüchtig, nur seine schwerfällige, unbeholfene Art hat ihn ins Hintertreffen geraten lassen. Da warst du im Vorteil mit deinem gewetzten Maul! Aber jeder Lump versteht es, etwas aus sich zu machen!«

»Ich lass mich von dir nicht einen Lumpen nennen!«, begehrte der Sohn auf.

»Schweig!«, schrie der Alte mit seiner Donnerstimme. »Jetzt rede ich! Jawohl, ich hab den Mut, meinen Fehler einzugestehen! Ich sehe ein, wie unrecht ich dem Peter getan hab, und ich will für alle Ewigkeit verdammt sein, wenn ich es nicht an ihm gutzumachen versuche! Schau einmal hin, wie er sein Leid trägt! Mit keinem Wort klagt er darüber, da hörst du kein Jammern und kein Murren. Du hättest in seinem Zustand schon längst die Flinte ins Korn geworfen! Er ist wirklich elend dran. Und wenn ich nun höre, dass du ihn auch noch mit der Sennhofertochter betrogen hast –«

»Ich hab ihn nicht betrogen! Wer behauptet das?«, rief Simon und sprang auf.

»Das braucht mir niemand zu sagen; aber mich kann man nicht hinters Licht führen! Aber ihr habt euch alle in mir getäuscht, auch du, du elender Lump!«

»Das Wort Lump nimmst du zurück, Vater! Das lasse ich mir nicht gefallen und brauche es mir nicht gefallen zu lassen!«, schrie Simon aufgebracht. Das Haar war ihm in die Stirn gefallen, er sah wild aus.

Der Alte verzog sein Gesicht zu einem verächtlichen Lächeln. »Du hast dir noch weit mehr gefallen zu lassen«, fuhr er mit bedrohlicher Stimme fort. »Ich brauche dich nur zu fragen, wohin du das Geld gebracht hast, das du mir für einen Fahrkurs aus der Tasche gelockt hast! Das hast du für etwas ganz anderes benötigt! Schulden hast du damit bezahlt, die du gemacht hast!«

»Das ist nicht wahr! Dagegen verwahre ich mich!«

»Ich habe dir damals fünftausend Mark mitgegeben, damit du im Krankenhaus eine Anzahlung machen sollst!«

»Die Anzahlung habe ich gemacht!«

»Ja, mit zweitausend. Und wo ist der Rest geblieben? Wenn du schon behauptest, alles richtig bezahlt zu haben, wo sind die Quittungen? Überall wird eine Einzahlung quittiert. Also lege mir die Quittungen vor!«

»Ich weiß nicht, wo ich sie gerade habe.«

»Das kann ich mir denken!«, höhnte der Alte. »Saufschulden wirst du damit bezahlt haben, oder du hast das Geld mit Weibern verputzt!«

Simon geriet in Raserei. Er wusste nicht mehr, was er tat, als er plötzlich seinen Vater anfiel und seine Hände würgend um seinen Hals schlang.

Aber der Alte verfügte noch über seine ungebrochene Kraft; er hatte sich bald aus der Umklammerung befreit und schleuderte darauf den Sohn von sich, dass er gegen die Wand taumelte.

»So einer also bist du!«, keuchte er und massierte seinen Hals. »Eine solche Bosheit habe ich hergezogen? Geh mir aus den Augen! Ich ertrage dich nicht mehr!«

Simon schaute wie ein Irrer von der Wand her, er war völlig ratlos. Plötzlich warf er die Hände vor das Gesicht und schluchzte laut auf.

Das hatte der alte Bauer nicht erwartet. Fassungslos schaute er hin auf den Sohn, der jetzt mit abgekehrtem Gesicht an der Wand kauerte, körperlich und seelisch zusammengebrochen. Da regte sich in ihm ein Gefühl des Mitleids. Er warf einen Blick zurück auf sein eigenes Leben, das blitzschnell an ihm vorbeizog in allen seinen Erinnerungen. Er wurde sich bewusst, dass es nicht anders hatte kommen können und dass nicht seinen Sohn, sondern ihn selbst die eigentliche Schuld traf. In der Erkenntnis, dass dieser jüngere Sohn in seine Art schlug, hatte er ihn gezwungen, auch seinen Spuren zu folgen. Er hatte ihn zu dem gemacht, was er heute war, darum hatte er kein Recht, ihn zu verurteilen. Er konnte ihn höchstens bedauern. Wenn es noch nicht zu spät war, musste er mit allen Mitteln versuchen, ihn umzuformen. Aber das ging nicht mit brutaler Gewalt.

Sie hatten beide nicht gehört, dass schon mehrmals an die Tür geklopft worden war. Erst als der Alte aus seinen Gedanken erwachte, wurde er darauf aufmerksam.

»Es hat niemand etwas gesehen!«, flüsterte er seinem Sohn zu. »Nimm dich also zusammen!«

Dann wandte er sich der Tür zu und öffnete sie. Zu seinem Erstaunen stand ein Polizeibeamter da.

»Was gibt's?«, fragte der Bauer scharf.

Der Beamte hob grüßend die Hand an die Mütze.

»Ich habe mit Simon Thalrainer zu sprechen. Ist er daheim?«

»Mein Sohn! Ja, er ist da«, sagte der Bauer und deutete in die Stube. »Was ist mit ihm?«

Der Beamte trat ein. Als sein Blick auf Simon traf, schauten sie sich gegenseitig eine Weile an.

»Sie sind Simon Thalrainer?«, fragte der Polizist.

»Ja. Was gibt's denn?« Simon kam langsam heran.

»Gegen Sie läuft eine Anzeige.«

»Was nicht noch! Da bin ich aber sehr neugierig.«

Der junge Thalrainer hatte sich wieder völlig in der Gewalt, nichts mehr erinnerte an seinen Zusammenbruch von vorhin.

Der Gendarm warf einen Blick auf den Alten.

»Ich bin der Vater«, sagte der Bauer. »Vielleicht habe ich ein Recht, die Sache mit anzuhören.«

»Ich habe einen Haftbefehl. Es handelt sich also um eine Festnahme.«

»Oho!«, rief der Alte. »Darf man wenigstens erfahren, weshalb er verhaftet werden soll? Als Vater bestehe ich darauf! Man hat noch zu keiner Zeit jemanden aus dem Thalrainerhof verhaftet!«

»Ihr Sohn wird beschuldigt, einen Anschlag auf seinen Bruder Peter Thalrainer verübt zu haben.«

Der Alte lachte laut auf. »Sein Bruder Peter liegt schon über zwei Monate im Krankenhaus! Ich komme gerade von ihm, habe aber nichts von einem Anschlag bemerkt!«

Der Polizist blieb ernst. »Wahrscheinlich aber haben Sie bemerkt, dass er dort mit sehr schweren Verletzungen liegt.«

»Ja, weil er in einer Nebelnacht auf die geschlossenen Bahnschranken aufgefahren ist.«

Der Beamte nickte. »Es ist nun bekannt geworden, dass sein Bruder Simon Thalrainer in der Absicht vorsätzlicher schwerer Körperverletzung, wenn nicht gar in Mordabsicht die Schranken in jener Nacht geschlossen hat.«

Der Alte erbleichte und richtete seinen Blick auf den Sohn. »Das ist nicht wahr!«, rief er dann. »Es kann gar nicht wahr sein! Sage doch, dass es nicht wahr ist!«

Der Beamte lächelte mitleidig. »Ich fürchte, dass er sich nach den vorliegenden Zeugenaussagen nicht mehr entlasten kann. Also – machen Sie sich fertig! Sie sind verhaftet!«

Der Alte packte jetzt seinen Sohn an der Brust und schüttelte ihn. »Rede doch endlich! Sage, dass es nicht wahr ist!«

Simon schaute seinen Vater mit flackernden Augen an. Sein Gesicht wurde auf einmal hart, immer deutlicher traten die brutalen Züge hervor. »Ja, es ist wahr«, sagte er dann. »Ich habe ihn gehasst, er war mir bei allem, was ich tat und tun wollte, im Weg! Ich konnte seinen verächtlichen Blick nicht mehr ertragen. Seit er mich damals zusammengeschlagen hat, habe ich auf Rache gesonnen. Dazu kam noch die Eifersucht wegen der Bine. Ich weiß, dass sie an jenem Kirchweihtag lieber mit mir gegangen wäre, aber er hat sie von mir weggeholt, er hat mir sogar gedroht, dir alles zu sagen. Da kam mir der Gedanke, in der Nacht die Schranken zu schließen. Ich wusste, dass er noch nicht daheim war und dass er bei dem starken Nebel auf die Schranken auffahren würde. Ich wollte ihn nicht töten und rechnete auch nicht damit, aber einen Denkzettel wollte ich ihm geben. Ja, ich bekenne sogar, dass es mir um den Hof ging, um die Bine heiraten zu können!«

Er stützte sich am Tisch auf und ließ den Kopf herabsinken.

Die Lippen des Alten bebten, laut und erregt zog er den Atem ein.

Sonst war nichts zu hören in der Stille, die eingetreten war.

»Dann gebe Gott dir die Gnade, dass du bereuen kannst!«, sagte jetzt der Thalrainer und seufzte. »Du wirst nie erkennen, was du mir angetan hast. Ich bin nicht dein Richter und will es auch gar nicht sein; denn das Gericht kommt über uns alle.«

Er wandte sich ab und trat in den Hintergrund der Stube.

»Tun Sie Ihre Pflicht!«, murmelte er.

Der Beamte griff nach dem Arm Simons. »Folgen Sie mir!«

Widerstandslos ließ Simon sich abführen. Gleich darauf fuhr das Polizeiauto weg.

Der Bauer ließ sich auf einen Stuhl fallen und legte den Kopf in die aufgestützten Hände. Lange saß er so da, als wäre er im Sitzen eingeschlafen. Aber er schlief nicht, im Gegenteil, alles in ihm befand sich in heller Aufruhr.

Die Susi kam herein, um ihn zu fragen, ob er denn immer noch nicht essen wolle. Aber er rührte sich nicht, er bemerkte sie gar nicht.

Da schlich sie sich wieder davon und zog leise die Tür hinter sich zu.

Draußen tropfte und gluckste das Wasser.

Im Stübchen des Bahnwärterhauses stand auf der alten Kommode ein kleiner Christbaum, den Gina aus dem Wald geholt und geschmückt hatte. Zuvor schon hatte sie einen Stollen und Plätzchen gebacken, von denen sie eine Tüte voll mitnahm, als sie den Peter im Krankenhaus besuchte.

Er hatte sich über die kleine Geste sehr gefreut und gleich in ihrer Gegenwart einiges davon gegessen.

»Ich kann dir leider nichts schenken und hätte es so gern getan!«, sagte er.

»Oh! Ich bin reich beschenkt worden! Der Arzt hat mir heute gesagt, wenn du so weitermachst, könnte es sein, dass du in einigen Wochen sogar selbst aus dem Bett steigen wirst.«

»Ich will so weitermachen, Gina!«

»Und eines Tages wirst du wieder zu uns ins Zedertal heimkehren!«

Er nickte glücklich.

Vom Krankenhaus weg suchte sie dann noch Herrn Ammon in seinem Büro auf. Sie hatte eine schöne Tischdecke gestickt, die sie ihm zum Geschenk machen wollte aus Dankbarkeit für alles, was er für sie getan hatte. Er nahm das Geschenk gern an, weil er sah, wie viel ihr daran lag. Er schenkte ihr dafür eine silberne Brosche, die wunderbar zu ihrer Abendbluse passte, und für den Vater eine Flasche guten Wein und ein Kistchen Zigarren.

»Ich freue mich, wenn ich im Frühjahr wieder hinaus ins Zedertal fahren kann!«

»Ja, es ist wieder schön geworden bei uns, wenn auch der Schnee bis zu den Fenstern herauf liegt. Ich glaube, der Vater hat seinen Streckendienst noch nie so froh und gern gemacht wie jetzt. Sogar das Gespenst, das er sonst immer vor dem Tunnel gesehen hat, scheint verschwunden zu sein«, fügte sie lächelnd hinzu.

»Ich freue mich für euch, dass es so gekommen ist.«

»Wird der Simon wohl recht hart bestraft?«, fragte sie plötzlich.

»Das lässt sich noch nicht sagen; es kommt darauf an, wie die Richter den Fall beurteilen. Mein Anwalt, Doktor Frey, hat sich bereit erklärt, die Verteidigung zu übernehmen. Er will auf Körperverletzung plädieren. Natürlich, ohne eine Gefängnisstrafe wird es nicht abgehen und das ist auch nicht mehr als recht.«

Im Thalrainerhof hatte wieder der alte Bauer das Heft in die Hand genommen. Willig und gern kamen die Angestellten seinen Anordnungen nach, nicht nur deshalb, weil er etwas von der Arbeit verstand, sondern weil er sie in einer ruhigen und geduldigen Art gab, die man von ihm nicht gewöhnt war.

Das Unheil, das über ihn hereingebrochen war, hatte ihn still und friedlich gemacht. Seine Gewalttätigkeit, die ihm von Natur aus anhaftete, war aus ihm verschwunden, ebenfalls der Stolz und der Spott.

Er war ein anderer geworden.

Seine Sorge um den Peter, den er jede Woche einmal im Krankenhaus besuchte, wurde noch übertroffen vom Kummer über den Simon, der jetzt in Untersuchungshaft saß und seiner Verurteilung entgegensah. Thalrainer wusste, dass im Dorf viel über den Vorfall gesprochen wurde und dass es Menschen gab, die ihm dieses Unglück von Herzen gönnten. Solche Menschen gibt es überall. Aber er wollte weder bemitleidet noch beschuldigt werden. Deshalb hielt er sich vom Dorf fern. Die Händler und Aufkäufer, mit denen er seine Geschäfte machte, fanden ihren Weg zu ihm. Er kümmerte sich nicht mehr darum, was im Dorf vorging.

Er blieb allein.

Einmal kam er herüber zum Bahnwärterhaus, als gerade Gina allein war. Er sah das Christbäumchen auf der Kommode stehen und erinnerte sich, dass er dem Knecht sagen musste, er solle eine junge Tanne aus dem Wald holen.

Gina erschrak über sein plötzliches Erscheinen.

Aber er machte ein sehr freundliches Gesicht. »Brauchst nicht zu erschrecken; ich wollte dich nur etwas fragen«, sagte er mit ruhiger Stimme. »Kommst du vor Weihnachten noch in die Stadt?«

»Nein.«

»Schade, du hättest mir etwas besorgen sollen.«

»Für den Peter?«

»Auch.«

»Morgen ist schon der Heilige Abend, ich habe noch viel zu richten, aber wenn es sein muss, nehme ich es Ihnen ab.«

Er zwängte sich in die Bank hinein und schob dabei den Tisch beiseite, weil er sonst nicht Platz fand. Dann nahm er den Hut ab und legte ihn neben sich. »Ich habe noch nichts für die Angestellten eingekauft«, sagte er. »Man hat den Kopf voll anderer Dinge! Was meinst du, was ich den Leuten schenken könnte? Gib mir einen Rat!«

Sie war überrascht. Wie kam er denn dazu, sie um Rat zu fragen, was er seinen Angestellten schenken könnte? Wie sollte sie wissen, woran die Leute Freude hatten, wenn es er schon nicht erriet?

»Für zwei Knechte und zwei Mägde«, fuhr er fort. »Der eine ist noch jünger, kaum dreißig, der andere älter. Du kennst doch die Susi und die andere ist vom gleichen Kaliber. Was meinst du, was man für sie kaufen könnte?«

Jetzt merkte sie, wie einsam er war, und sie hatte Mitleid mit ihm. Sie setzte sich zu ihm und überlegte.

Dann machte sie ihm einige Vorschläge, die ihm zu gefallen schienen.

»Wenn du das alles besorgen könntest? Du kennst dich darin besser aus als unsereiner.«

»Heute geht es nicht mehr, der Vater ist auf der Strecke, ich kann also nicht weg. Außerdem ist es viel zu spät. Aber ich fahre morgen früh in die Stadt.«

Er nickte. »Ich wäre dir recht dankbar!« Dann griff er in seine Jacke und zog die Brieftasche hervor, der er einige Banknoten entnahm. »Da hast du Geld! Brauchst nicht zu sparen.«

»Ich hoffe, dass ich das Richtige bringe.«

»Du machst es schon recht.« Er erhob sich und griff nach seinem Hut. »Gehst du auch ins Krankenhaus?«

»Wenn mir die Zeit reicht.«

»Sage dem Peter, dass ich am Weihnachtstag zu ihm komme.«

Sie begleitete ihn noch vor die Tür. Der Himmel hatte sich aufgeklärt und deutete für den Abend Frost an.

Er wandte sich nach ihr um. »Arm bin ich geworden, Dirndl! Recht arm!«

Seine Stimme brach.

»Man darf die Hoffnung nicht aufgeben, Thalrainer! Und wenn man nicht den Mut verliert, wird alles wieder gut.«

»Der eine ist ein Krüppel – der andere ein Verbrecher! Einen dritten hab ich nicht und es ist vielleicht gut so. Ich habe einmal eine wichtige Rolle gespielt, und wo ich hinkam, hatte ich Menschen um mich. Heute bin ich allein, so einsam wie ein Kartäusermönch in seiner Zelle.«

»Auch das wird sich einmal wieder ändern!«

Er schaute sie lange schweigend an. »Das hast du dir wohl nie gedacht, dass du einmal den Bauern vom Thalrainerhof trösten müsstest, gelt, Dirndl?«

Sie schaute ihm ergriffen nach, als er mit schweren Schritten davonging.

Auch am Heiligen Abend hatte Rommig seine Strecke durch den Tunnel abzugehen. Schon ein paar Tage zuvor hatte ein kalter Nordostwind das Tauwetter beendigt. Dort, wo der Föhn den Schnee zerrinnen ließ, bildete sich jetzt das Eis, es gefror auf den Wegen, die rau und rutschig wurden.

Müde kam der Streckenwärter am Abend heim. Der letzte Zug war durchgefahren. Man konnte jetzt das Fest begehen.

Ja, für Gina und ihren Vater war es ein Fest, wenn auch die Kerzen nur an einem bescheidenen Bäumchen brannten und zwischen ihnen nur kleine Geschenke ausgetauscht wurden. Aber daran lag es nicht, es lag an der glücklichen und friedlichen Stimmung, in der sich die beiden Menschen befanden. Sie setzten sich zusammen an den Tisch zum Essen, darauf brachte Gina den heißen gewürzten Wein und auf einem Teller Gebäck.

Sie schauten durch das hintere Fenster in die Nacht hinaus, auf das blinkende Gestirn am Himmel und warteten, dass das Wild vom Wald herabkam zum Futterplatz, auf dem Eicheln, Kastanien und sogar Weizen ausgestreut waren.

Dann saßen sie wieder im warmen Stübchen und wie an jedem Abend fielen dem Bahnwärter frühzeitig die Augen zu. Der weite Fußmarsch in der frischen, kalten Luft hatte ihn schläfrig gemacht. Das Gespräch kam mehr und mehr zum Erliegen.

Gina dachte an die einsame Weihnacht, die heuer dem Thalrainer und seinen Söhnen beschieden war. Allein, ohne jede Ansprache und nur mit seinen eigenen rastlosen Gedanken beschäftigt, saß der Bauer in seinem großen Hof und in einem kleinen Zimmer des Krankenhauses in der Stadt lag sein Sohn Peter, ebenfalls auf sich allein angewiesen, vielleicht mit der spärlichen Hoffnung auf eine Besserung seines Leidens, die ihm zur einzigen Freude wurde. Und in diesem Augenblick, wo sie an ihn dachte, wusste sie, wie nahe er ihr stand und welche Sorgen sie sich um ihn machte.

Sie fühlte geradezu, dass seine Gedanken auch bei ihr waren, dass sie sich über die ganze weite Entfernung hinweg begegneten.

Und einsam wartete auch Simon Thalrainer in einer Zelle des Gefängnisses auf seine Verurteilung. Gina vermochte nicht zu erraten, in welcher Verfassung er sich befand. Ob ihn Heimweh und Reue über seine Tat durchschauerten oder ob er die Umstände und sogar seine Freunde verfluchte, durch die sein Verbrechen offenkundig geworden war. Vielleicht schürte er in dieser Nacht, in der alle Menschen Frieden und Versöhnung suchten, den Hass.

Sie wusste es nicht und wollte auch nicht länger darüber nachdenken.

Sie lachte jetzt leise vor sich hin und der Vater schlug schläfrig die Augen auf.

»Ich meine, du solltest ins Bett gehen, Vater! Du bist müde!«, sagte sie.

»Und was tust du?«

»Ich werde noch ein bisschen lesen.«

Er nickte. »Ja, lies doch das Evangelium von der Heiligen Nacht vor!«, bat er.

Sie holte das Messbuch. Dann zündete sie noch einmal die Kerzen am Baum an und las mit leiser Stimme das Evangelium vor.

»Und Frieden allen Menschen, die guten Willens sind!«, wiederholte er die letzten Worte, die sie vorgelesen hatte. Während sie die Kerzen am Baum ausblies, erhob er sich, um sich zur Ruhe zu begeben.

»Hast du etwas dagegen, wenn ich noch zum Thalrainer hinüberschaue?«, fragte sie plötzlich.

Es schien, als wäre er auf einmal wieder wach und munter geworden. »Was willst du denn beim Thalrainer?«

»Er ist noch einsamer als wir, denn er ist ganz allein. Vielleicht freut er sich, wenn jemand zu ihm kommt.«

Rommig schüttelte den Kopf. »Kaum. Außerdem hat er doch seine Angestellten.«

»Die werden in ihrer Stube beisammensitzen und ihre Späße machen. Die kümmern sich bestimmt nicht um ihren Bauern!«

»Und du? Warum kümmerst du dich um ihn? Hat er sich einmal um uns gekümmert? In seinen Augen sind wir nicht mehr als zugelaufenes Volk, das sich früher oder später wieder verzieht, wenn der Bahnwärterposten neu besetzt wird.«

»Er ist heut ein armer Mann, Vater!«

»Bis er den Schicksalsschlag überwunden hat; dann ist er wieder der Gleiche: grob und gewalttätig, selbstbewusst und arrogant.«

»Das ist er nicht, Vater! Ich meine, wir haben ihn nur nicht verstanden und unverstandene Menschen sind arm!«

»Er ist sicher schon ins Bett gegangen«, meinte er.

»Nein, in der Stube brennt noch Licht.«

Sie ging zum Fenster und schaute hinüber. »Auch

die Dienstbotenstube ist noch beleuchtet. Er ist allein!«

Rommig warf einen Blick auf die Uhr. »Komm aber nicht spät und gib Acht! Der Weg ist vereist!«

Er ging ins Bett und Gina machte sich fertig. Bald darauf war sie durch die kalte Nacht auf dem Weg hinüber zum Thalrainerhof.

Das Haus war noch nicht abgeschlossen, sie gelangte unbemerkt bis zur Stubentür und klopfte an.

»Ja? Was gibt's?«, kam die Frage von innen.

Gina trat ein. Der Bauer saß allein am Tisch, die Wollweste und den Hemdkragen aufgeknöpft. Sein Haar war zerrauft, als hätte er eben noch darin herumgewühlt. Vor ihm auf dem Tisch stand ein Krug.

Mit großen verwunderten Augen schaute er ihr entgegen. »Du kommst noch zu mir?«, fragte er.

»Wenn's erlaubt ist. Mein Vater ist schon ins Bett gegangen; er kommt immer recht müd heim vom Streckengang und schläft oft schon beim Abendessen ein.«

Sie sagte es in einem heiteren Ton.

Er schüttelte verständnislos den Kopf. »Aber dass du ausgerechnet zu mir kommst?«

»Ich wollte bloß fragen, wie Ihre Leute mit den Geschenken zufrieden waren.«

Er lächelte. »Es haben sich alle darüber gefreut. Du hast es ganz ausgezeichnet gemacht! Aber deswegen bist du nicht bis zu uns herübergelaufen, Dirndl! Hast gar Mitleid mit mir gehabt? Hast dir gedacht, dass ich wohl ganz allein dasitze und die halbe Nacht meinen Kümmernissen nachgrüble?«

Sie widersprach ihm nicht, sondern schaute ihn aus ihren dunklen, großen Augen nur bittend an.

Er stand auf und deutete auf einen Stuhl. »Es freut mich, wenn du dich ein wenig zu mir setzt.«

Sie tat es.

»Willst etwas trinken? Essen?«

»Nein, vielen Dank!«

Er setzte sich auf seinen Platz zurück und knöpfte umständlich und mit schweren Fingern seine Weste zu. »Wenn man den inneren Frieden einmal verloren hat, findet man ihn schwer wieder!«, begann er dann. »Oft ein ganzes Leben lang nicht mehr. Man denkt bloß nicht immer daran, aber an gewissen Tagen wird man daran erinnert und dann fühlt man sich elender als ein Marder im Schlageisen. Man hört oft sagen, der Heilige Abend sei ein Abend wie jeder andere, ich habe das selbst schon gesagt. Aber es ist nicht wahr! Es ist alles, was man fühlt, gesteigert. Wer sich freuen darf, freut sich mehr, und was einem weh tut, tut in dieser Nacht noch weher!« Er unterbrach sich. »Willst jetzt wirklich nichts trinken, Dirndl? Es hätte mich gefreut!«

»Nein, danke, es würde mir gar nicht gut tun.«

»Aber du kannst doch nicht so dasitzen wie ein ungebetener Gast!«

»Ich wollte bloß ein bisschen mit Ihnen reden.«

»Das ist sehr nett von dir! Aber du wirst von mir nichts hören als Kummer!«

»Auch der Kummer wird kleiner, wenn man ihn aussprechen kann.«

Er schaute sie bewundernd an. »Du bist ein seltsames Mädchen! Jetzt verstehe ich, dass der Peter sagt, er habe es nur dir zu verdanken, dass er an seinem Unglück noch nicht verzweifelt ist.«

»Der Peter wird nie verzweifeln; er hat zu viel Kraft. Das ist alles, was ich ihm gesagt habe.«

»Alles? Vielleicht hat er die Kraft durch dich bekommen?«

Sie lächelte. »O nein, ich bin selbst schwach und wäre bald selbst vergangen vor Angst um den Vater, als man uns nicht mehr glauben wollte, was wir über die Schranken ausgesagt haben.«

»Ja, es war schlimm und es tut mir Leid. Aber wer konnte an so etwas denken!«

»Darüber wollen wir nicht mehr sprechen und heute schon gar nicht! Es wird doch alles wieder einmal gut!«

»Wie soll es gut werden? Der eine ist ein Krüppel, der andere ein Verbrecher!«

»Nein!«, widersprach sie heftig. »Niemand darf sagen, dass der Peter ein Krüppel ist! Er wird sich daran gewöhnen, dass er nur ein Auge hat, und er wird mit diesem Auge so viel sehen wie mit zwei! Er hat den Willen, wieder auf die Beine zu kommen, und er wird es schaffen, auch wenn er sich am Anfang schwer tut und vielleicht sogar an Stöcken gehen muss! Und man soll nicht sagen, dass der Simon ein Verbrecher ist! Er wird seine Tat büßen und danach gutzumachen versuchen, was er getan hat!«

Er schaute sie wieder bewundernd an. »Ich wollt, du hättest Recht, Dirndl!«

»Der Glaube kann Berge versetzen! Sie müssen daran glauben!«

Er legte den Kopf in die aufgestützte breite Hand und schaute gedankenverloren vor sich hin. »Auf dem Thalrainerhof ist ein Fluch, mein Dirndl!«, sagte er dann, ohne sie anzuschauen.

»Ein Fluch?«, wiederholte sie leise.

Er nickte.

»Das verstehe ich nicht! Das Schicksal geht immer seinen Gang, so wie es dem Menschen bestimmt ist. Warum die einen mehr leiden müssen als die anderen, das wissen wir nicht. Es gibt keinen Fluch!«

»Gott hat den Kain verflucht, heißt es in der Bibel.«

»Kain hat seinen Bruder Abel ermordet.«

»Eben!«

Sie verstand ihn nicht und schaute ihn ganz erschrocken an.

Er stieß einen Seufzer aus und schaute sie dann plötzlich an. »Ich habe noch keinem Menschen so vertrauen können wie dir«, sagte er. »Du bist ein kluges und verständnisvolles Mädchen – und da gehen wir jahrelang an dir vorbei, ohne dich zu sehen, ohne dich zu beachten. Nur Peter scheint dich erkannt zu haben, aber nun ist es zu spät!«

Sie wusste nicht, was er meinte, und konnte ihm keine Antwort geben. »Ich bin nicht besonders klug und nicht besonders verständnisvoll!«, sagte sie nur. »Ich bin glücklich, dass mein Vater seinen Frieden wieder gefunden hat. Und ich möchte, dass alle Menschen froh sind!«

»Zum Frohsein gehört ein gutes Gewissen, wenn man das nicht hat, nützt kein Erfolg und kein

Reichtum. Ich weiß, dass du schweigen kannst, wenn ich dich darum bitte. Darum möchte ich dir eine Geschichte erzählen. Vielleicht verstehst du dann den Thalrainer besser und begreifst, warum das alles über ihn kommen musste. Man kann sagen, dass die Einsamkeit daran schuld ist, man kann sich auf das Zedertal hinausreden, in dem sich Füchs und Hasen gute Nacht sagen. Aber auch das sind nur Ausflüchte. Es ist wahr, wir sind hier auf dieser Einöde geboren und bleiben hier bis zum Tod. Beim Bahnwärter ist das anders, er kann um Versetzung eingeben, wenn er die Einsamkeit nicht mehr erträgt. Außerdem ist er nicht sein ganzes Leben lang im Zedertal. Und der Architekt? Er kommt hierher, wenn er seine Ruhe sucht, sonst lebt er in der Stadt. Uneingeschränkt verleben also nur die Thalrainer hier ihre Tage.«

Er machte eine Pause und griff nach dem Krug, aus dem er einen gewaltigen Zug nahm.

Manchmal hörte man im Haus Schritte, sie kamen näher und entfernten sich wieder. Oder es ging einmal eine Tür, dann hörte man ferne Stimmen, ein munteres Auflachen.

»Als ich noch ein junger Kerl war, aber schon den Hof führen musste – mein Vater hat nicht mehr gelebt, denn er hat sehr spät geheiratet und war schon alt, als ich geboren wurde –, da war der Bahnwärter Stemmer unser Nachbar«, setzte der Bauer seine Rede fort und schaute sinnend auf seine Hände hinab, die breit auf dem Tisch lagen. »Er hat auch eine Tochter gehabt in deinem Alter, die Lena, ein dunkelhaariges, schmächtiges Dirndl. Sie ist plötzlich im Bahnwärterhaus aufgetaucht und es hat geheißen, sie habe in einer Stickstoff-Fabrik gearbeitet und sei sehr krank geworden. Nachdem sie lange Zeit im Krankenhaus gelegen hatte, war sie zu den Eltern heimgekommen und sollte sich einige Zeit erholen. Das ist ihr auch dann zugute gekommen, denn sie schaute bald wieder frisch und gesund aus. Oft habe ich sie mit ihrem Vater gehen sehen, wenn er seine Strecke durch den Tunnel abgelaufen hat. Sie muss einen großen Gefallen an der Arbeit des Vaters gefunden haben, weil sie sich alles zeigen ließ und alles lernen wollte. Später ging der Alte oft gar nicht mehr mit, da machte sie den Weg allein, klopfte die Schienen ab und setzte den großen Schraubenschlüssel an. Es machte ihr Spaß und ihr Vater war froh, denn er hatte ein Verletzung am rechten Knie und tat sich hart beim Gehen.

Das habe ich alles von unserem Hof aus beobachtet, und wie es so geht in unserem Nest, in dem man nie ein anderes Gesicht sieht, ich hab Gefallen an meiner jungen Nachbarin gefunden. Sie war auch ein nettes, hübsches Dirndl. Ich richtete es so ein, dass ich immer dann des Weges kam, wenn sie gerade die Schranken zumachte. Da versuchte ich mit ihr ins Gespräch zu kommen. Aber sie war nicht leicht zugänglich, wahrscheinlich war ich ihr zu derb, zu ungehobelt. Es kam so weit, dass ich ihr den Weg abpasste, wenn sie die Strecke durch den Tunnel abging. Langsam wurden wir miteinander bekannt und schließlich machte es ihr nichts mehr aus, wenn ich plötzlich auftauchte, im Gegenteil, sie freute sich. Und dann kam sie immer selbst auf den

Hof, wenn etwas zu holen war an Eiern, Butter oder Milch.

Es war für mich der schönste Sommer und eines Tages sagte ich ihr, dass ich sie liebe. Aber unsere Liebschaft war ganz geheim, kein Mensch ahnte etwas davon. Vielleicht war sie gerade deshalb so schön.

Aber es kam dann ganz anders: Meine Mutter erlitt an einem schwülen Gewittertag plötzlich eine Herzschwäche. In meiner Hilflosigkeit lief ich zum Bahnwärterhaus hinüber. Man rief über die Bahnstation einen Arzt herbei und die Lena ging mit mir, um meiner Mutter beizustehen. Sie war ein hilfsbereites Mädchen, so ähnlich wie du; du hast mich oft an sie erinnert. Sie war dabei, als noch in der gleichen Nacht meine Mutter starb. Ich wollte ihr diesen Beistand nie mehr vergessen. Aber –«

Er brach seine Rede plötzlich ab, schaute schweigend auf seine Hände nieder und spreizte voll innerer Unruhe die Finger.

»Vielleicht ist es gut für mich, wenn ich dir alles sage, ganz gleich, was du von mir halten wirst«, fuhr er dann wieder fort. »Was ich getan habe, wurde mir hart genug heimgezahlt, allein schon durch das ständige Erinnern daran, wenn der Abendexpress in den Tunnel einfährt. Das ist jeden Tag, und wenn du denkst, dass dies ein ganzes Menschenleben lang dauert, ist es wie eine ewige Verdammnis, eine Qual, die nur noch der Tod beendigen kann. Aber das weiß man nicht. Dieser Verrat an der Bahnwärter-Lena hat mir kein Glück gebracht. Freilich, die Menschen haben mich beneidet um meinen großen prächtigen Hof, um meinen Reichtum, um mein Ansehen im Bauernstand. Ich habe auch so getan, als wäre ich der Herr der Welt, aber innerlich gab es keinen Frieden, da war nur die Angst. – Aber ich will dir ja die Geschichte zu Ende erzählen!«, besann er sich.

»Nach dem Tod der Mutter war ich zum Besitzer des Hofes geworden und sofort erwachte in mir ein mächtiger Ehrgeiz; ich wollte alles verbessern und erneuern. Mein Hof sollte dastehen, dass jeder, der durch das Zedertal kam, vor Neid platzte. Ich vergrößerte und erneuerte den Viehbestand, ich vergrößerte meine Fluren durch Kultivierung von Brachland, ich sah meinen Erfolg und wurde stolz. Noch liebte ich die kleine Bahnwärterstochter und war gewillt, sie zu meiner Frau zu machen. Es schmeichelte mir, dass sie mich bewunderte und dass sie glücklich war. Wenn ich darüber nachdenke, muss ich mir immer wieder sagen, dass diese Lena mich wirklich geliebt hat, ihr ging es nicht um den großen Hof; sie hätte mich auch genommen, wenn ich nur ein Tagelöhner gewesen wäre. Ach, dieser verdammte Stolz! Man geht so gedankenlos darüber hinweg und ahnt nicht, wie schwer man sich im Stolz gegen seinen Mitmenschen versündigen kann! Auf einmal schlich sich in meine Gedanken der Teufel ein, als ich zu überlegen begann, wie tief die Bahnwärtersleute da drüben eigentlich unter mir stünden. Der Mann verdiente gerade so viel, dass sie sich bescheiden ernähren konnten. Das Unglück wollte es, dass ich bei einer Landwirtschaftsausstellung, bei der ich wieder einen schönen Erfolg zu verzeichnen hatte, mit einem Gutsbesitzer aus dem Vorderwald zusammentraf. Er hatte seine Tochter bei sich, ein stolzes Mädchen, dem ich zunächst wenig Beachtung schenkte. Wir gingen zusammen zum Essen und blieben den ganzen Tag beisammen. Als wir uns am Abend trennten, wurde ich in den Vorderwald eingeladen, um den Gutsbetrieb zu besichtigen. Ich fuhr auch dann einmal hin und bald darauf erhielt ich den Besuch des Gutsbesitzers und abermals hatte er seine Tochter bei sich. So ging es noch eine gute Weile hin und her, bis mir klar wurde, dass der Gutsbesitzer seine Tochter als Bäuerin auf meinen Hof bringen wollte. Ich hatte jedoch schon meiner Bahnwärter-Lena mein Versprechen gegeben.«

Er ließ jetzt seine geballte Faust auf den Tisch fallen und atmete geräuschvoll auf. »Ich wurde zum Schuft!«

Verächtlich kam diese Selbstanklage über seine Lippen. Gina fühlte sich davon peinlich berührt. Wie kam er dazu, ihr seine heimlichsten Gedanken zu bekennen, von denen außer ihm selbst niemand etwas wusste? Sie war doch kein Beichtvater!

»An einem Abend sagte ich es der Lena, dass ich ihr untreu geworden sei«, fuhr er fast flüsternd fort. »Wir kamen gerade durch den Tunnel herab, wohin ich sie begleitet hatte. Die Dunkelheit war eingebrochen, denn es ging schon dem Herbst zu. Ich weiß nicht, wo ich meine Augen hatte, denn sonst hätte ich sehen müssen, was ich ihr mit meinem Bekenntnis antat. Vielleicht aber wollte ich es nur nicht wahrhaben, denn wenn ich es nicht gesehen hätte, wäre mir später nicht immer wieder alles in Erinnerung gekommen, ihr Gesicht, das von der Laterne, die sie bei sich trug, gespenstisch beleuchtet war, die Augen, mit denen sie mich ansah. Aber ich war von meinem Stolz so besessen, dass ich einfach über alles hinwegging.

Hätte sie mich doch einen Schuft genannt! Hätte sie mir Vorwürfe gemacht, so dass wir uns im Streit getrennt hätten! Aber nichts sagte sie. Sie lehnte sich nur an den kalten Fels des Schachtes an, als wäre sie müde geworden und wollte ein wenig rasten.

Wir standen in der Nähe des Tunnelausgangs, der sich dort verengt. Ich erinnere mich noch, wie ich in die helle Öffnung schaute und nebenbei ihr zu erklären versuchte, dass ich nicht mehr anders könnte, als die Gutsbesitzerstochter zu heiraten. Ich weiß nicht mehr genau, was ich alles zusammenlog, ich weiß nur, dass ich nicht den Mut zur Wahrheit hatte und dass ich zu stolz war, eine Bahnwärterstochter zu heiraten!

Hätte ich doch in diesem Augenblick erkannt, dass ich die Liebe mit Füßen trat! Eine Liebe, die nicht streitet und nicht flucht, sondern verzeiht! Das erkannte ich erst später, als es längst zu spät war. Jawohl! Ich habe die Lena geliebt!«, schrie er plötzlich und stand mit einer heftigen Bewegung auf. »Ich habe sie geliebt bis zum heutigen Tag!«

Er wanderte jetzt durch die Stube. »Ich weiß nicht mehr, wie lange wir bei dem Tunnelausgang standen. Plötzlich bemerkte ich, dass die Erde unter den Füßen bebte und ein Rollen durch den Fels des

Schachtes ging. Vor der Öffnung tauchten plötzlich die Lichter des Zuges auf. Der Express!, schrie ich und sprang heraus aus dem Schacht und den Damm hinab. Ich rutschte über das Geröll und schlug mit dem Gesicht auf die Erde. In diesem Augenblick glaubte ich, einen entsetzlichen Schrei zu hören, aber es konnte auch das Kreischen der Schienen gewesen sein, die in einer Kurve in den Schacht einbogen. Der Express donnerte vorbei. Staub wehte über den Damm herab und über mich hinweg. Dann war alles still.

Ich ging heim, froh darüber, endlich mein Geständnis hinter mich gebracht zu haben. Die Lena musste eben darüber hinwegkommen und sie würde auch darüber hinwegkommen, denn sie war ein tapferes Mädchen.«

Er machte wieder eine Pause. Er ging auf den Ofen zu und lehnte den Rücken an die warmen Kacheln.

»Ich wollte eben ins Bett gehen, als laut an die Tür geklopft wurde. Es war schon spät in der Nacht. Als ich öffnete, stand der Bahnwärter vor mir. Das Licht vom Gang fiel auf sein Gesicht. Es war verstört; Schrecken und Entsetzen standen darin. Er bat mich um Hilfe und berichtete, dass er, weil seine Tochter so lange nicht heimkam, nach ihr gesucht habe. Sie läge droben tot im Tunnel. Wahrscheinlich sei sie vom Zug erfasst und an den Fels geschleudert worden.«

»Wie furchtbar!«, entkam es Gina.

»Ich habe gemeint, der Himmel müsste über mir einstürzen, aber ich war zu feige, um mit dem Mann zu der Leiche zurückzukehren, und weckte die Knechte. Ich ging wohl mit, als die Lena im Dorffriedhof beerdigt wurde; es wusste ja niemand etwas von unserem Verhältnis. Aber ich hätte es nicht zulassen dürfen, dass der leidgeprüfte Vater auch noch bestraft wurde, weil er seine Tochter auf den Streckengang geschickt hatte. Aber auch dazu war ich zu feig!«

Er kam wieder heran an den Tisch, griff nach dem Krug, trank aber nicht, sondern hielt nur den Henkel fest und starrte vor sich hin.

»Ich habe noch im gleichen Jahr geheiratet, weil der Gutsbesitzer dazu drängte«, fuhr er fort. »Ich wurde zu einem geachteten Mann. Der Peter kam auf die Welt und erst viele Jahre danach der Simon. Die Jahre gingen dahin. Im Bahnwärterhaus waren längst andere Leute. Es kam, wie ich befürchtet hatte: meine Frau ertrug die Einsamkeit nicht, sie war etwas ganz anderes gewöhnt und litt immer schwerer darunter. Sie kaufte sich ein Auto und verunglückte eines Tages so schwer, dass sie daran starb. Alles nimmt die Zeit mit sich fort in die Vergangenheit, nur dieses Unglück im Tunnel blieb unverrückbar stehen, als wäre es gerade erst geschehen und als würde es jedes Mal wieder geschehen, wenn der Nachtexpress droben in den Tunnel hineinbraust. Da höre ich immer wieder diesen furchtbaren Schrei und ich werde ihn hören, solange ich lebe.«

Er trank jetzt und setzte sich wieder an den Tisch. »Jetzt kennst du den Thalrainer und du weißt mehr über ihn als seine eigenen Söhne. Du brauchst mir kein Mitleid zu schenken, denn es wäre an einen Unwürdigen vergeudet. Das Unglück, das ich durch meine Söhne erfuhr, ist nur eine gerechte Strafe. Was mir Leid tut, ist, dass auch der Peter darunter zu leiden hat. Und wenn ich zurückblicke, erkenne ich, dass ich nur weiter gefrevelt habe: Den Peter habe ich wie einen Knecht arbeiten lassen und auch als solchen behandelt, den anderen ließ ich streunen und ludern, weil er sich bei mir einschmeicheln konnte. Nein, Dirndl, du brauchst mich nicht zu bedauern; was über mich gekommen ist, habe ich verdient.«

Sie war sichtlich erschüttert und richtete ihren Blick zum Fenster, durch das die Sterne hereinschimmerten. Was sollte sie darauf sagen?

Er beobachtete sie. »Da hast du heute einen Weihnachtsabend erlebt, den du so schnell nicht vergessen wirst, gelt, Dirndl? Man meint immer, die Schlechtigkeit und das Verbrechen seien dort daheim, wo es viele Menschen gibt, aber sie gehen auch im Zedertal um, wo die Menschen fast an den Fingern einer Hand abzuzählen sind. Erst recht, weil in der Einöde Taten und Untaten verborgen bleiben. Trotzdem danke ich dir, dass du mich angehört hast! Du kannst mich verachten und verurteilen, aber es ist mir leichter geworden an diesem Abend, den ich beinahe nicht mehr ertragen konnte.«

Als sie ging, begleitete er sie noch bis zum Bahnwärterhaus hinüber. Der große Hund umkreiste sie freudig.

»Morgen fahre ich zum Peter«, sagte er, wie nach einem besseren Tag ausblickend.

»Er wird sich freuen.«

»Ich werde ihm erzählen, dass du diesen Abend bei mir gewesen bist. Er wird sich ein wenig wundern.« Seine schweren Schritte knirschten und zermalmten das Eis. »Und sich freuen«, fügte er nach einer Weile hinzu.

Lange noch und bis weit in das Frühjahr hinein blieb der Schnee im Zedertal liegen. Die Sonne musste weit gegen den Zenit ansteigen, ehe ihre Strahlen in den engen Bergwinkel fielen. Die Leute nannten das Zedertal ein Schneeloch.

Wenn es aber dann einmal zu grünen begann, ging es rasch mit der Blüte und dem Wachstum. Eben hatte man noch den fernen Donner einer stürzenden Grundlawine gehört, da blühte an den Hecken und Zäunen auch schon der Holunder und hinter dem Bahnwärterhaus standen die Kirschbäume in weißer Blüte, umschwärmt von summenden Bienen.

Simon Thalrainer war vor dem Gericht gestanden und hatte ein volles Geständnis abgelegt. Wenn es seinem Verteidiger auch gelang, die Anklage auf vorsätzliche Tötung zu entkräften, so blieben doch die beabsichtigte schwere Körperverletzung und der niedrige Beweggrund zu dieser Tat. Das Urteil war hart und lautete auf vier Jahre Gefängnis ohne Bewährung. Das Gericht hielt diese Strafe für angemessen.

Auch Thalrainer hielt sie für angemessen, wäre es nach ihm gegangen, hätte man ihm noch einige Jahre mehr aufgebrummt. Die Verhandlung hatte im Dorf den Fall wieder aufgerollt und der Thalrainerhof war abermals überall im Gespräch, in der Molkerei, im Wirtshaus und auf dem Kirchgang.

Der Alte ging alldem aus dem Weg. Man sah ihn kaum mehr im Dorf, und wenn, dann zeigte er ein so verschlossenes Gesicht, dass niemand ein Wort an ihn richtete.

Erfreulicher waren die Berichte, die aus dem Krankenhaus kamen. Peter war in der Lage aufzustehen und an zwei Stöcken ein wenig herumzugehen. Die Ärzte schrieben diesen Erfolg, auf den sie selbst einmal nicht mehr zu hoffen wagten, seiner ungewöhnlichen Energie zu.

Peter selbst sah die Ursache wieder woanders: Er glaubte die Besserung allein Gina zu verdanken. Allein durch sie hatte er seinen Lebensmut wiedergefunden, allein ihretwegen wollte er gesund werden.

Jede Woche einmal und immer am gleichen Tag und zur gleichen Stunde besuchte sie ihn. Er wartete bereits auf sie und schaute ungeduldig auf die Uhr, wenn die Stunde herannahte.

Er liebte sie und wagte es nicht zu zeigen, geschweige denn zu sagen. Er konnte sich ein Leben ohne dieses Mädchen nicht mehr vorstellen.

Wenn sie dann gesund und frisch und mit frohem Gesicht zur Tür hereinkam, klopfte sein Herz zum Zerspringen vor Freude und Glück.

Sie wusste jeweils schon von der Schwester oder vom Arzt, dass seine Genesung gute Fortschritte machte.

»Weißt du schon, dass du bald aus dem Krankenhaus entlassen werden kannst?«, fragte sie ihn einmal freudestrahlend.

Er nickte und kletterte aus dem Bett. Sie reichte ihm den Arm und dann machten sie einen Gang durch das Zimmer, blieben vor dem Fenster stehen und schauten hinab auf den grünen Park, auf die Blüten der Bäume und die Blumen in den Beeten. Sie erzählte ihm, wie es im Zedertal aussieht und was zur Zeit auf dem Thalrainerhof geschieht. Sie sprach mit einer solchen Begeisterung davon, als hätte sie ihre ganz besondere Freude daran, zu beobachten, was auf dem riesigen Gebiet des Hofes vor sich ging.

Heute muss ich es ihr sagen!, ermunterte er sich. Ich muss sie fragen, ob sie sich entschließen kann, mit mir auf dem Thalrainerhof ein neues Leben zu beginnen! Er dachte schon gar nicht mehr daran, dass sein Vater etwas dagegen haben könnte, er hatte längst gemerkt, was die Gina auch für ihn bedeutete.

Aber er wagte es dann doch nicht, in der Furcht, vielleicht auch ihre Freundschaft zu verlieren. Denn etwas anderes als Freundschaft konnte sie ihm nicht entgegenbringen. Er durfte nicht vergessen, dass er eigentlich noch ein Krüppel war und durch das fehlende Auge ein entstelltes Gesicht hatte.

»Glaubst du, dass ich die Arbeit wieder machen kann?«, fragte er.

»Ja, das glaube ich.«

»Ich bin ein Krüppel, Gina!«

»Das ist nicht wahr! Du bist schwer verletzt gewesen und das braucht eine lange Zeit, bis du genesen bist!«

»Ich habe Heimweh nach meiner Arbeit, Gina.

Grad jetzt im Frühjahr, wenn auf den Äckern die Saat aufgeht und auf den Wiesen das Gras heranwächst und alles zu blühen beginnt. Ich weiß nicht, ob du mich verstehst. Ich bin eben Bauer und mein Leben hat nur einen Sinn, wenn ich den Boden bestellen kann und mich mit dem Wetter auseinander setze, das oft anders will als ich. Das habe ich von meinem Vater gelernt, er ist nämlich ein guter Bauer. Seine Strenge kam mir zugute. In meiner Kurzsichtigkeit habe ich oft meinen Bruder beneidet, der es viel schöner hatte als ich, trotzdem wurde er vom Neid zerfressen. In Wirklichkeit ist er noch mehr zu bedauern als ich. Er ist zum seelischen Krüppel geworden. Eigentlich tut er mir Leid. Er mag die Bine wirklich geliebt haben, aber du wirst sehen, sie lässt ihn stehen wie mich. Zunächst habe ich gemeint, ihre Trennung von mir würde mich unglücklich machen. Aber es war nur der Verrat, der mir eine Weile zugesetzt hat. Es war viel leichter zu überwinden, als ich dachte. Offenbar habe ich sie gar nicht so geliebt, wie ich es mir eine Weile eingebildet hatte. Jedenfalls – und das darfst du mir glauben! – habe ich mich noch nie so glücklich gefühlt wie jetzt, trotz meiner Behinderung. Und das alles verdanke ich dir, Gina!«

Mehr wagte er nicht zu sagen.

Sie gab ihm die Stöcke in die Hand und forderte ihn mit milder Unnachgiebigkeit zum selbstständigen Gehen auf.

Er gehorchte und bewegte sich mühsam im Zimmer auf und ab.

»Du siehst, es geht besser! Viel besser!«, sagte sie.

Er glaubte ihr und freute sich.

Auf dem Dorfplatz richtete die Jugend den Maibaum auf. Wenn die Sonne am Abend auch schon hinabgesunken war, leuchteten ihre Strahlen noch lange über die Gipfel der Berge, dass es vom Tal aus aussah, als stünde der Himmel in Brand.

Es war jetzt noch hell, wenn der Thalrainer aus der Stadt und vom Krankenhaus heimkehrte und sein Pferd in gemütlichem Trab die Straße entlanglaufen ließ. Sein Blick streifte über die Fluren, er prüfte die heranwachsende Saat und weidete sich an den sattgrünen, taufrischen Wiesen.

Er sah, dass alles wieder aufs Beste bestellt war.

Als er am Bahnwärterhaus ankam, zog er den Zügel straff.

»Brrr!«

Das Pferd blieb stehen und versuchte, den straffgezogenen Zügel zu lockern. Der Bauer sprang vom Wagen, band den Zügelriemen am Zaunpfahl fest und ging hinein ins Haus.

Vor einer Weile schon war der Abendexpress durchgefahren. Die Schranken standen geöffnet, vor dem Übergang brannte bereits die Lampe.

Gina befand sich in der Küche und bereitete das Abendessen zu.

»He!«, rief der Bauer mit lauter Stimme in den Gang.

Gina kam aus der Küche hervor und lächelte nachsichtig, als sie die breite Gestalt in der Helle der Türöffnung stehen sah.

»Guten Abend! Was ist los?«

»Ich komm gerade aus der Stadt und möchte mit dir reden.«

»Ich komme sofort und nehme nur noch die Pfanne vom Herd.«

Unaufgefordert betrat er das Stübchen, warf seinen Hut auf den Tisch und wanderte herum, als wäre er hier daheim.

Gina kam bald nach und machte Licht, denn es fing zu dunkeln an.

»Gibt es etwas Neues?«, fragte sie und schob ihm einen Stuhl zu, den er jedoch nicht beachtete.

»Ja, es gibt etwas Neues, etwas Erfreuliches: Der Peter darf morgen das Krankenhaus verlassen.«

»Wirklich? Das ist ja wunderbar!«, rief sie.

»Der Doktor sagt, der weitere Heilungsprozess ließe sich daheim durchführen«, fuhr der Bauer fort. »Man könne jetzt das Beste hoffen. Er braucht ja nichts zu tun, ich bin ja noch gesund und kann mich um alles kümmern. Er kann sich schonen.«

»Das wird er aber nicht tun, Thalrainer! So wie ich den Peter kenne, lässt er nicht lange die Hände im Schoß ruhen. Und es ist vielleicht besser für ihn, wenn er ein bisschen mitarbeitet; denn nichts ist schlimmer für einen Menschen, als wenn er sich überflüssig und nutzlos vorkommt. Denn dann fühlt er sich als Krüppel, der er doch gar nicht ist! Er hat noch alle seine Glieder und wir haben ja gesehen, dass langsam die Kraft wieder in sie zurückkehrt.«

Der Bauer schaute sie nachdenklich an. »Vielleicht hast du Recht«, überlegte er dann. »Er hat früher den Hof geführt; ich habe mich kaum mehr darum gekümmert. Er soll es auch jetzt tun, wenn er auch diese und jene Arbeit nicht machen kann. Dafür haben wir gute Angestellte und Maschinen.«

»Das ist ein vernünftiges Wort!«, lobte sie ihn.

Er lächelte. »Er hat heute so zu mir gesagt: Wirst sehen, Vater, in ein paar Monaten werfe ich die Stöcke weg!«

»Das wird er auch tun, davon bin ich überzeugt. Ich habe ihn immer wegen seiner Energie bewundert. Sie holen ihn wohl im Krankenhaus ab?«

Er zögerte mit der Antwort und schaute sie wieder von unten her an. »Ich wollte dich eben fragen, ob du's machen möchtest.«

»Ich?«, wunderte sie sich. »Wenn Sie das unbedingt wollen, natürlich bin ich dazu bereit.«

Aber er winkte ab und lächelte verlegen. »Ich will nicht, dass du sofort zusagst, denn damit triffst du eine folgenschwere Entscheidung für dich!«

Sie schaute ihn verständnislos an.

Er griff jetzt nach dem Stuhl und rückte ihn zurecht.

»Setzen wir uns! Oder hast du keine Zeit?«

»Doch.«

»Wann kommt denn dein Vater?«

»Es wird noch eine Weile dauern«, antwortete sie mit einem Blick auf die Uhr.

»Setz dich her zu mir, Dirndl!«

Sie ließ sich neben ihm auf die Bank nieder.

Er drückte seltsam herum, so dass sie immer gespannter auf den Beginn wartete.

»Sag mir einmal, Dirndl, warum hast du das alles für den Peter getan, was du getan hast?«, fragte er dann.

»Warum? Er hatte hier bei uns einen schweren Unfall. Es hat zuerst sogar geheißen, durch unser

Verschulden! Da musste ich mich doch um ihn kümmern?«

»Nur deshalb?«, zweifelte er.

»Außerdem hat er mir sehr Leid getan«, gab sie zu. »Er ist ein guter Kerl und war immer sehr freundlich zu uns. Ich habe gesehen, obwohl ich es nicht wollte, dass er von seiner damaligen Verlobten betrogen und verraten wurde. Ja, Bauer, der Peter tat mir sehr Leid!«

»Das hast du gesehen?«

Sie nickte. »Einen solchen Verrat hat er nicht verdient. Sie feierten droben im Landhaus ihre Feste, unterhielten ihre Liebschaften. Sie wollten am Anfang auch mich dorthin locken, aber ich habe keinen Spaß an solchen Vergnügungen!«

»Hätte ich doch früher davon erfahren! Was glaubst du, wie ich den Kerl herausgeholt hätte aus dieser Gesellschaft! Das ganze Nest hätte ich ausgehoben, und wenn ich alles dabei zertrümmert hätte!«

»Herr Ammon wusste nichts davon!«, warf sie dazwischen.

»Ja, leider, er wusste so wenig wie ich. Nun ja, wir haben ja gesehen, wohin solche Sachen führen.«

Er stand auf und wanderte herum, als befände er sich daheim in seiner Stube. Dann blieb er vor ihr stehen und schaute auf sie hinab. Ihre Blicke begegneten sich.

»Ich wünschte nur, du könntest mir sagen, dass du dich so viel um den Peter gekümmert hast, weil du – nun, weil du ihn eben gern hast!«, sagte er plötzlich.

Sie wandte verlegen ihren Blick von ihm ab. »Ich weiß nicht, wie das gemeint ist.«

Er lachte gutmütig. »So, wie ich es sage. Wir haben viel über das Zedertal miteinander gesprochen. Vom Thalrainerhof und dem Bahnwärterhaus. Es war zwar meine Geschichte, aber sie könnte sich bei jungen Menschen wiederholen. Nur zu diesem Ende darf es nicht mehr kommen! Es müsste anders aussehen, denn sonst gibt es kein Glück!«

Er schwieg eine Weile und wanderte wieder. »Verstehst du, was ich sagen will?«

»Ja, ich bin die Tochter eines Streckenwärters –«

Er winkte ab. »Du bist wie die Lena, von der ich dir erzählt habe. Gott möge ihrer Seele den Frieden schenken! – Kurz, Dirndl, ich habe dir nur zu sagen, was der Peter dir nie zu sagen gewagt hat, obwohl er es sich immer wieder vorgenommmen hat. Ich habe ihn sogar dazu ermuntert. Er hat mir nur immer wieder zur Antwort gegeben: Wenn ich meine gesunden Glieder noch hätte und mein Auge, dann hätte ich vielleicht den Mut dazu! Vielleicht –«

Sie spielte erregt mit den Knöpfen ihrer Bluse.

»Hör mich an, Dirndl, du hältst mich vielleicht für einen Narren, aber ich muss es dir heute sagen: Der Peter liebt dich, du sollst, wenn du willst, seine Frau werden, das heißt also, falls du das Opfer auf dich nehmen kannst. Ich habe ihm versprochen, mit dir zu reden, und wenn du morgen kommst, um ihn abzuholen, soll das das Zeichen sein, dass du zu ihm gehören willst als junge Bäuerin vom Thalrainerhof.«

Sie sagte lange nichts und schaute gedankenverloren zum Fenster. »Ich wollte ihm Mut machen und ich habe gesehen, dass es mir gelingt«, begann sie dann. »Darum bin ich so oft zu ihm gefahren. Ich habe ihn bewundert wegen seiner Kraft, mein Mitleid wurde schwächer, es war etwas anderes, was ich nun für ihn fühlte. Er stand mir plötzlich näher als mein eigener Vater. Aber wer bin ich? Die Tochter eines Bahnwärters! Die Geschichte von der Lena, die Sie mir am Weihnachtsabend erzählt haben, ist mir sehr zu Herzen gegangen. Ich muss immer an sie denken.«

»Ja, es ist eine große Schuld, die ich auf mich geladen habe«, erwiderte er. »Es hat in meinem Haus die Sonne gefehlt, wo ich hingeschaut habe, war es düster. Ich wollte aus dem Simon einen fröhlichen Menschen machen, der mich mitreißen sollte. Falsch! Alles, was ich tat, war falsch! Ich bitte dich, bring wieder ein bisschen Glück in mein Haus!«

Sie war erschüttert. Ihre Lippen bewegten sich, aber es kam kein Laut hervor.

»Du liebst ihn nicht, den Peter?«

Ihre Augen wurden feucht, dann nickte sie.

Er ging auf sie zu und nahm ihre Hände. »Ich weiß, du willst mit deinem Vater sprechen. Sage ihm, dass du dich nicht von ihm trennen musst, er bleibt ja unser Nachbar!«

Sie schaute ihn mit großen Augen an. »Ist denn alles wahr?«

»Es ist wahr!«

Sie lächelte unter Tränen.

»Du holst ihn morgen ab?«, fragte er.

»Ja, ich hole ihn ab.«

Er griff in seine Tasche und holte eine Banknote hervor. »Nimm ein Taxi!«

Er konnte kaum mehr sprechen, seine Kehle war wie zugeschnürt.

Dann drückte er ihre Hände. »Ich bin zum ersten Mal in meinem Leben glücklich und ich bin ein alter Mann! Ist das nicht schlimm?«